レベル1から始まる召喚無双

～俺だけ使える裏ダンジョンで、全ての転生者をぶっちぎる～

白石新　ILL. 夕薙

シノブ＝イイジマ

アリス＝セシル

「杖を持って、両手を前に向けてみろ」

今度は手と手が触れ合ったことで、ドキっとしてしまって
私の頬は更に熱くなってしまう。

「つまりは、簡単に
殺すなということですね？」
ガブリエル

ツクヨミ
「……シノブ君
……おはよう」
「俺に気安く
話しかけるな」
黒犬

「……なあ……俺が憎いか？」

白い燕尾服に白い手袋。

白髪の二十代後半に見える男は、
笑いながら私にそう問いかけてきた。

「……殺してやりたい……です」

CONTENTS

レベル1から始まる召喚無双
～俺だけ使える裏ダンジョンで、全ての転生者をぶっちぎる～

著：白石新
イラスト：夕薙

プロローグ
～義理の父の告白～

俺の名前は飯島忍（いいじましのぶ）。

公立高校三年の十八歳だ。

駅前の高級タワーマンションに住んでて、高校の知り合いには金持ち疑惑をかけられているが、何のことは無い。

俺の義理の父親が金持ちなだけなのだ。

その証拠に唯一の俺の趣味であるソーシャルゲーム……ラヴィータオンラインも、ほぼ無課金を貫きとおしている。


――小遣いゼロ。

――進学するにも奨学金&援助なしで家を出ての自活前提。

人生イージーモードっていうわけではないと思うけれど、それでも俺よりもハードな状況の人はいるわけで。

まだ、努力をすれば何とかなるってだけで儲けもの……そういう風に思い「何事も前向きにコツコツと」をモットーに、俺は日々高校生活に勤しんでいる。

おかげさまで推薦で大学も決まったし、知り合いのツテでバイトも始めることになった。

今から働いて貯金をすれば、どうにかこうにか妹を連れて自立もできるだろう。

それに勉強の息抜きのフヴィータオンラインだって、執念のイベントクエスト張り付きで微課金組としてはトップレベルのプレイヤーとなっている。

ちなみに、そのなけなしの課金は、昼飯代を我慢して捻出したものだ。

どんだけ息抜きしてんだよって話は置いておいて、まあ、ソシャゲってのは金をかけるか時間をかけるかの、どちらかの勝負になってくるからな。

とはいっても、そりゃあ金も時間もかける奴には勝てないのは当たり前だ。

けれど、時間さえかければ無課金組でも課金組と同じ土俵で勝負できる、そんな絶妙なゲームバランスに設定しているあたり、ここの運営のハンドリングは上手い。

と、それはさておき、大学への奨学金申請が通ったある日、義理の父がとんでもないことを言い出した。

「お前の本当の父親って事故で死んだろ？」

リビングでそう話を切り出してきたのは四十代後半の中年太りの男。

つまりは、俺の義理の父だった。

「何の話ですか？」

問いかけると、義理の父は「やれやれだ」とばかりに肩をすくめて、軽く溜息をついた。

「母親も早くに死んで、身寄りもないお前たち兄妹だ。で、父親の唯一の友人である俺がお前たちを引き取った……まあ、そんな感じでこれまでやってきたよな」

「……感謝してますよ。親父は借金漬けで、歩さんは何の見返りも無しに俺たちを引き取ってくれたんですから」

まあ、事実として、そこは感謝してる部分ではある。もっとも、俺に対して妙にあたりが強く、嫌なことを言われることもあるが。

せめて生命保険金とかあれば、養育費とかになってたわけだけど、それも無かったし。

実際にこの人からすると、俺たちの生活費用は全て自分の資産からの持ち出しになってるわけだ。

まあ、この人は昔からの大地主で都内一等地に広大な土地を持っている。

一切働きもせずに、地代だけで年間に数十億の収入があるわけなんだけど、それにしたって友人の子を引き取ったりは……普通はしないだろう。

「ああ、そのことなんだがな。生命保険金の受取人は俺になってたんだよ。五千万くらいはあったかな」

「……え？　えっと……」

　初めて聞いた話で、俺の頭の中はパニックになる。

　小遣いゼロなんかの境遇についても、俺が素直に受け入れてたのは……この人が俺たちを引き取るに際して、何の金銭的見返りもないということが前提なのだから。

「じゃあ、小遣いゼロとかおかしくないですか？」

「いや、おかしくないぞ。だって、これは俺の復讐なんだからな」

「……復讐？」

「いやさ、お前の母親な。実は俺の初恋の人なんだよ」

「ちょっと待ってください。さっきから意味が分からないですよ!?」

「まあ聞け。小学校の同級生の頃からずっと俺の片思いでな。だが、その時分には全然相手にされんかったよ。まあ、中学校くらいの時は謎にヤンキーがモテたりするだろ？」

「確かにそういうことはありますね」

「だろ？　だけど、大人になれば金の力も分かってくる。俺の力を理解してくれる時は必ず来るから、その時にモノにする予定だったんだ。まあ、そんな感じで良い人を装って、付かず離れずで幼馴染関係を続けていたんだよ」

　何て言うか……最低な思考回路だ。

　母さんがこの人になびかなかった理由が非常に良く分かる。

「で、それがどうしたんですか？」

「二十三歳の時だったかな……お前の母親が結婚すると聞いたのは。なあ、お前、分かるか？」

「分かるって……何のことですか？」

「十四年……十四年だぞ？　俺が片思いを続けて十四年――横から突然現れて、盗人みたいにさらって行ったのはお前の父親なんだっ！」

と、そこでダンっとテーブルが強く叩かれて、俺は物凄い形相で睨まれた。

っていうか、さっきからこの人が何を言っているのかサッパリ分からん。

変わり者の金持ちだとは思っていた。

が……実はコイツ……変わり者どころか、ヤベー奴なんじゃねーのか？

「オマケに結婚して十二年で翔子さんが亡くなっただと……っ!?　貧しい生活で疲弊したから翔子さんは病気を患ったんだ！　そう、殺したのはお前の父親だ！　俺だったら何不自由ない生活をさせて……あんなことにはならなかったのに……っ！」

やべえ、これはやべえ……。

――こいつ……マジモンだ。

どうやら、俺はとんでもないモンスターと四年も同居していたらしい。

「それで思いついたのが復讐だよ。頑固が過ぎて友達がいないお前の父親に近づき、唯一の親友というポジションについた。裏から銀行に手をまわして、お前の父親がやってる小さな土建会社に圧力をかけながらだけどな」

「ちょっと待ってください！　銀行に手をまわして圧力って……どういうことですか？」

「そのおかげでお前の父の取引先もジリジリと消えていってな……どんどんお前の父親は弱っていった。それで最後のトドメで銀行に手を回し、貸付けを引き上げさせた。結果として、目論見通りにお前の父親は首が回らなくなり、危ない筋から事業資金を引っ張ったんだ。高金利の闇金融からな」

「だから……ちょっと待ってって……」

「表向きは転落事故となっているが、実際は自殺だ。死ぬ直前に俺を頼ってきてな……生命保険金でお前等を育ててくれって。涙ながらの懇願だったよ」

「……」

「……」

「自己破産くらいで勘弁しようと思ってたんだが、まさか保険金目当てで自殺とはな。いやあ、あの時は本当に笑ったよ」

「おい、テメエっ！　人の命を何だと思ってやがんだ!?」

「はは、その乱暴な口調。それに絶望と怒りの混じった表情――父親にそっくりだ。なあ、忍よ？　俺が何のためにお前等を飼ってたと思う？」

　と、そこで義理の父は「ニヤリ」と笑った。

「父親に良く似たお前の――その顔を見たかったんだよ。それが俺から翔子さんを奪ったお前の父親への、俺なりの復讐だ」

「何で……今、この瞬間に俺にそんな話をしたんだ？」

「そろそろお前も大学生になるだろ？　お前が俺のことを良く思ってないのは知ってたからな。妹と一緒に家を出ていく前に、ネタバラシってところだ」

「……とんでもねえゲス野郎だな」

「まあ、そう言うな、むしろ感謝して欲しいくらいなんだぞ？」

「感謝？　今の話のどこに感謝する要素があるんだよ？」

「お前の妹……恵（めぐみ）ちゃんなんだがな。翔子さんに瓜二つなんだよ。だから、先月の誕生日……十六になったら手を出そうかと思ってたんだ」

「テメエ……っ！」

　今にも殴り掛からんほどの勢いで、俺は義理の父……いや、クソ野郎に詰め寄った。

「だが、それはやめておいた。何故だか分からんが、あの娘は俺に懐いてなくてな。さすがに警察に捕まるようなことはしたくない」

「当たり前だ馬鹿野郎っ！」

「ああ、残念だよ。強制わいせつ罪なんて法律はどうしてあるんだろうか？」

しかし……これは酷い。

世の中に、こんなクズが存在するなんて……ちょっとこれは信じられんぞ。

「ああ、そうそう、お前の大学合格祝いも用意しているんだ。お前がやってるスマホゲーな。データっていうか、お前のキャラデータ消去しといたから」

「……ハァ？」

「それも俺の復讐だ。高校に入ってからずっとコツコツやってたデータだったみたいだな？」

「……」

「それとプレイヤーランキング五位のステップってプレイヤーを知ってるか？」

「ステップ？」

と、そこで義理の父は指を三本立たせた。

「一日三十分だ。お前が毎日コツコツと何時間もゲームに張り付いて築いた総合戦力ランキング九十三位という地位……それを俺は毎月の廃課金ですぐにぶっちぎった。これが俺とお前の差……いや、俺とお前の親父の差だ」

ステップ……一歩……歩……アユム……か。

つまりは、そのプレイヤーが自分だと言いたいのかこいつは？

しかも、勝ち誇るような笑みを浮かべているし……。

どんだけ子供なんだよと半ば呆れたが、怒りや呆れを通り越して……俺にはもはや恐怖しか出てこない。

「そうそう、恵ちゃんにもサプライズプレゼント用意しているんだよ」

「恵に……プレゼント？」

「恵ちゃんがここに来た時に買ってあげた猫がいたろ？」

「ああ、モカのことだろ？　滅茶苦茶可愛がってるな」

「あれ、燃えるゴミの日に出しといたから」

「……は？」

「エサに睡眠薬混ぜてグッタリしてるところを、そのままゴミ袋に詰め込んでな」

「ちょ……待てよ、何言ってるか分かんねーよ」

「俺に懐かない愛玩動物は要らないんだよ。猫も女もな」

顔面を殴りつけようかとも思ったが、それはやっちゃいけない。っていうか、これ以上コレには関わっちゃいけない。だってこいつ……こんな話をしながらずっと薄ら笑いを浮かべているんだ。これは――

――完全なサイコパスだ。

猟奇殺人者やら、快楽殺人者の気持ちなんか俺には分からない。
が、こいつの思考回路は、間違いなくそっち側の人間のソレだ。
今、殴りつけたとして、今後どんな恨みをもたれるかも分からない。
逮捕のラインという一線を明確には越えてこないあたり、尚更にタチが悪い。
ともかく、俺のやるべきことを考えろ。
このサイコパスを刺激せずに妹と一緒に家から出て、後は一生関わらない。
そのためにはどうするべきか……。
と、そんなことを思っていたその時――

――ドーンっ！

一番初めに感じたのは床の揺れだった。
続けて、激しい衝撃と共に俺は背後に飛ばされ、ガラス窓に背中を打ち付ける。
そして、次に聞こえたのが爆発音。
次の瞬間には、ドアが吹き飛ばされて炎がリビングに入ってくるのが見えた。

「……火事？」

言葉の通りに玄関までの廊下は炎に包まれ、リビングの家具にも引火してる。

と、そこで俺の目の前に、ゴロゴロと炎上しながらのたうち回る物体が見えたんだ。

「う、ぐ、ぐ、ぐあああああああ！　た、た、助けて、助けてえええええ！」

火達磨になったクソ野郎が何か言ってるが聞こえないフリをする。

しかし、俺は運が良かったのだろう。

爆発か何かは知らないが、謎の衝撃に飛ばされた俺は、そのおかげで部屋に吹き込んだ炎を避ける形になったらしい。

とりあえず、今は炎上しているオッサンを助けてる場合じゃないのは間違いない。そう、俺のやるべきこと、それは――

「メグミいいいい！」

叫びながら俺は妹の部屋へと向かう。

そして、ノックもせずに蹴破るようにしてドアを開いて中に入ったんだ。

「ちょ、お兄ちゃん!?　何、コレ何!?　なんか爆発みたいな音聞こえたよ!?」

「火事だ！　急いで逃げるぞ――」

と、そこで再度の爆発音。

部屋中に煙が吹き込んでくる。

そして、さっき俺が走ってきた廊下を見ると、玄関の方は火の海になっていた。

――ってか、ヤベぇ！


火事の時の死因で一番多いのは有毒ガスの吸引のはずだ。

数呼吸で意識消失なんかも珍しくないって聞いたこともあるし……。

と、俺は恵の勉強机の椅子を両手で掴んで、渾身の雄叫びをあげた。

「うおおおおおおおおっ！」

窓に向けて、全力を込めて俺は椅子を放り投げる。

そしてバリンとガラス窓が割れて、俺は恵の手を掴んだ。

「廊下は火の海だ！　飛ぶぞっ！」

「え、飛ぶってお兄ちゃん、ここ十二階だよっ!?」

「ここの真下は屋根付きの駐輪場だ。気休め程度だがクッションになってくれるだろ！」

「でも、お兄ちゃんっ！」

「それともう一つ、俺がお前のクッションになるっ！　このままじゃ二人とも間違いなくお陀仏だ。だったら――飛ぶしかねえだろ!?」

「ちょっと――」

有無を言わせず、俺は恵を抱きかかえるようにして――宙に身を投げ出した。

そして上下に流れ行く景色。

自由落下に身を任せ、俺たちはどんどん加速していく。

それはまるでジェットコースターの搭乗中に、そのまま安全バーが壊れて宙に投げ出されたような。

ああ、こりゃあ死ぬな……と、俺は確信する。


――こんなことなら一発殴っときゃ良かった。


クソ野郎の横顔が脳裏を掠めるが、今はそんなことを考えてる場合じゃねーよな。

せめて、恵だけでも……と、線の細い体をギュっと抱きしめたその時。

背中に衝撃と激痛を感じると共に、機械音声のような声が俺の耳に届いた。


――ランカー招集イベント、お疲れ様でした。

――全国における招集イベントにより死亡したプレイヤーの全ては、ランカーであるか否かにかかわらず異世界に転移します。

――イベントクリア報酬は以下の通りです。

——ゲーム内ステータスの引継ぎの適用。

——非課金アイテムの持ち越し適用。

——課金アイテムの持ち越し適用。

——所持魔法の持ち越し適用。

——所持スキルの持ち越し適用。

——それではこれより、あなたは総合戦力ランキング九十三位、ハンドルネーム：シノブとしてのデータを本人に上書き……ｧ?玖怏?ｩ邵じ邵ｺ蠑?

——データローディング。プレイヤー登録２０９７３８……該当データなし。

——再データローディング……プレイヤー登録２０９７３８……該当データなし。

——再々データローディング……プレイヤー登録２０９７３８……該当データなし。

——再々々データローディング……プレイヤー登録２０９７３８……課金関係残骸データ回収。召喚系スキルを回収・再構築しました。

——データの修復は完全には不能。イレギュラー発生。

——ゲーム仕様に則り、プレイヤー再登録の上、チュートリアルを開始します……ｧ?玖怏?ｩ邵じ邵ｺ蠑?

——当該転移システムについては、既に本登録されているアカウントを流用するため、ゲーム内チュートリアル機能の使用は想定されていません。

――チュートリアル、リアル、リアルリアルリアルリアルリアルリアル。

――チュートリアルｺ蝶ｱ?玖快?ｩ邵、転移システムにて想定されない事項じ邵ｺ蝶ｱ?玖快?ｩ邵じ邵ｺ蝶ｱ?玖快?ｩ邵じ邵ｺ蝶ｱ?玖快?ｩ邵。

――遯∫?ｪ遯∫隲、ｉ蛹：・じ邵ｺ蝶ｱ?玖快?ｩ邵。

――縺ｩ縺?@ｔ隲、ｉ蛹：・じ邵ｺ蝶ｱ?玖快?ｩ邵ｺ陷ｷ讙ｧ謔 ?? 墓ｺ。

――縲?闕ｴ霄ｫ縺ｮ蜉帙?闕ｴ隕。

――試用版チュートリアルのデータローディング開始……終了。

――それではチュートリアルを開始します。

第一幕　チュートリアル

見渡す限りの大平原。

空にはポツリポツリとウロコ雲。

「何だこりゃ?」

確か俺はマンションの窓から飛んで、恵の下敷きになったはずだ。

気が付けば大平原って……。

オマケに遥か上空にはドラゴンだかワイバーンだか、良く分からないのが飛んでるのが見えるし……。

「……って、ドラゴン?　ワイバーン?」

と、そこでヴィンっと効果音と共に、俺の前にメッセージウインドウっぽい何かが浮かんできた。で、そこに書かれていた文字とは——

——ラヴィータオンラインの世界へようこそ。

——さあ、チュートリアルを始めましょう。

「……」

目の前に現れた状況に頭の整理が追いつかない。

いや、いや、いやいやいやいやいやいやいやいや。

待て、待て、待て待て待て待て。ちょっと待ってくれ。

まあ、分かる。

うん、ぶっちゃけ……何となく分からないことはない。

だって、これって俺が良く知るサブカル界隈で流行ってる『アレ』と全く同じ状況だもんよ。意識を失う直前に『神の声』っぽいのも聞こえてたしな。

でも、まさか、そんなまさか……いや、そんなのマジでありえねーだろ？

まずは深呼吸だ。

落ち着け、とりあえず……落ち着け俺。

自分の頬を思いっきりつねってみる。

キッチリ感触もあるし、痛みもリアルだ。

次に近くに咲いていた花を摘んで匂いを嗅いでみる。

うん、ちゃんと花の香りがするというか……そのままの意味でちゃんとした花で、造花でもない。

今度はその場でジャンプして、手足をブラブラと動かしてみる。

良し、キッチリ動くし違和感もない。

「13×10は130。11×13……143か？」

計算もちゃんとできるようだし、次は記憶の確認。

俺の名前は飯島忍、両親は他界してて……幼稚園はひまわり幼稚園。

小学校は宮古市立で、中学も同じ名前。で、高校は公立の応天坂高校だ。

うん、記憶も正常だ。

つまり、これで夢とか、あるいは病院とかに運ばれて麻酔薬での酩酊状態とか幻覚とかのセンも消えた。

「おいおいマジかよ……これが有名な異世界転生って奴なのか……？」

いや、この場合は異世界転生じゃなくて正確にはゲーム内転移……それも違うか。

恐らく俺は死んでるから、ゲーム内転生ってやつだな。

死ぬ直前の神の声から察するに、何らかの意思が働いた結果、他にもゲーム内に転移してきたやつはたくさんいるって感じだろうか？

と、なると恵はどうなったんだ？

周囲を見渡すも恵の姿はおろか、他の人間の姿すら見えねーんだが。

いや、恵については死んでいない可能性もある。ともかく、何も分からない状況でアレコレ考えても仕方ない。

「疑問は色々あるが、ゲームの世界に大量に転生させて……何をさせるつもりなんだろう？」

　そんなことを呟くと、頭の中に神の声が響いてきた。

　――ラヴィータオンラインは異世界で自由な生活を送るゲームです。

　――鍛冶屋になるも良し、冒険者になるも良し、国王を目指すも良し。第二のライフをこの地で満喫してください。

「いや、だから何のために俺たちをこの世界に？」

　――ラヴィータオンラインは異世界で自由な生活を送るゲームです。

　――鍛冶屋になるも良し、冒険者になるも良し、国王を目指すも良し。第二のライフをこの地で満喫してください。

「同じことしか言わない……か」

　と、そこで再度神の声が頭の中に響いてきた。

　――貴方のプレイヤー名は現在設定されておりません。チュートリアル終了をもって本登録となりますので、それまでにプレイヤー名を登録してください。

　――チュートリアル終了までに登録しない場合、世界の異物としてデータロスト――死亡します。

　――また、本登録後のゲーム内での死亡もペナルティとしてデータロスト対象となります。

「データロスト？　死亡？」

　おいおい、マジかよ……。

　――さあ、チュートリアルの始まりです。草原を道に沿って北に向かいましょう。

「いや、だから、そんなこと言われてもな……」

　だって、ゲーム内で死んだら、本当に死ぬんだろ？

　普通に魔物とかが出る世界だし、こんなのどうしろってんだよ。

　とりあえず、周囲の様子を窺うが、差し迫っての危険等は無さそうなので「ほっ」と胸を撫でおろす。

　で、俺の状態なんだけど……鏡が無いので良く分からん部分があるけど、服装は冒険者っぽい軽鎧。

　武装は腰の短剣ってところか。

　と、そこで俺は「ひょっとして」と思い、心の中で『メニューウィンドウ表示』と念じてみた。

　すると、ヴィンっという効果音と共に、四十センチ四方の半透明の四角い板が俺の眼前の空中に現れる。

「出るのかよ……。いや、これはやっぱり転生を認めざるを得ないんだろうな。とりあえずステータス表示だ」

名称　名無し
種族　ヒューマン
職業　召喚師
レベル　1
HP　225／225
MP　350／350
力　5
体力　5
素早さ　10
魔力　15

習得魔法：第一階梯（魔法職初期ボーナス）

やっぱり、ステータスは見たところリセットされてるようだ。

他の連中はそのままステータス引継ぎってことなんだろうけど、俺の場合はクソ野郎が消しちゃってるからな。

「まあ、とりあえずはチュートリアルをクリアーしないと……どうにもならんだろう」

やれやれだとばかりに、俺は深く溜息をついた。

ともかく、これからどうするか？

指示に従ってチュートリアルを進めないといけないんだろうけど、色々なことが起き過ぎて頭がグラグラしてる感じだ。

少しここで休んで心の整理をつけるか。

そう思って俺はそこにあった手ごろな岩に腰を落ち着ける。

いや、まあ……普通に考えて、夢の可能性が一番高いよな。

そんなことを考えながら、俺はしばらく周囲の景色なんかを眺めていたんだけど――。

と、そこでヴィンっという効果音と共に、俺の前方に骨人間が現れた。

「アンデッドナイト？」

ゲーム内でそう名付けられているソレは文字通り、骨の体にボロボロの鎧と槍を装備した不死者の騎士だった。

で、アンデッドナイトの頭上にウインドウの表示が現れた。

――アンデッドナイト　討伐推奨レベル７。

赤字での表記……だな。

ゲームと同じだとすると、これは俺には手に負えないという意味ってことだ。

つまりは、俺の取るべき行動は回れ右をして逃げろ……と。

しかし、どうしていきなりアンデッドナイトが現れたんだ？

「いや……違う。これは当たり前のことだ。休憩なんかしてたら、そりゃあこうなる」

と、そこで俺の耳に声が響いてきた。

――指示に従わなかったのでペナルティが発生します。魔物の追っ手です。敵とエンカウントしました。

確か……主人公の初期設定は「とある遺跡に迷い込んだ新米冒険者」だったはず。

ヤバい系のアイテムの封印を解いたことで不死系の魔物に追われている……と、そんな感じの設定だったはずだ。

で、この場所から南にある遺跡から北に逃げる途中という形で、チュートリアルが始まるってことだったな。

それで、チュートリアル中に寄り道なんかをすれば、アンデッドが現れて強制エンカウント……。

と、そこまで考えたところでアンデッドナイトが動き出して、俺に向けて槍を繰り出してきた。

って、おいおいマジかよ!?　いきなりハードな状況じゃねえかっ！

ともかく迎撃だっ！

魔法の使い方は分からんが、とりあえず口に出せば良いのか!?

「第一階梯炎魔法：ファイアーっ！」

おお、何か心臓から熱いのが掌に流れて、炎が出たぞ！

アンデッド系は炎魔法が弱点で、ヒットした後に怯んで隙ができるはず……良し、火に焼かれて硬直してる！　これが隙ってことかっ！

ってことで、俺は腰の短剣を抜いた。


――ゴリュっ！


目論見通りに炎に怯んだアンデッドナイトに短剣が直撃。

右の肘関節の辺りにヒットして、ボトリとアンデッドナイトの右手が地面に落ちた。


――良し、ダメージは通った！


魔法で怯ましてからの、剣撃。

魔法使い系統のソロプレイの王道戦術はここでも使えるみたいだな。

オマケに今回は部位破損も伴ってるので、アンデッドナイトの戦闘能力は著しく低下しているだろう。

しかし、この辺りの仕様がゲームと一緒なのはツイてたな。

このゲームはアクション要素が強いゲーム性だ。

だから、多少のレベル差なら「戦術の組み立てと弱点の突き方」を知ってるかどうかがモノを言うみたいなところもある。

「なら、このまま押し切るっ！」

第一階梯炎魔法を撃ってからの、再度の剣撃。

アンデッドナイトの左手を切り落とし、続けざま、その膝に前蹴りを放つ。

ポキリと関節が折れて、アンデッドナイトが倒れたところでバックステップで距離を取る。

「初戦はどうにか切り抜けた……か？」

倒れたアンデッドナイトは起き上がろうとするが、カタカタと骨を鳴らすだけで立ち上がることはできないようだ。ま、両手と片足を破壊されてるから当たり前だけど。

そうして、安堵の溜息をついたその時――

首に激痛を覚えると同時に、俺はふわりと宙に浮きあがった。

「巨大骨鳥（アンデッドロックバード）っ!?」

見上げると、そこには……巨大な鳥の姿があった。

ああ、そう言えばアンデッドナイトはこの鳥とセットで現れるんだったか。

そうして首根っこを足で捕まえられた状態の俺は、宙吊りのままでグングン高度を上げて――


――地面に落とされた。


四十メートル程度の高度からの落下ってところだろうか。

ドスンと衝撃と同時に、内臓全体を刺すような痛みが広がった。

「痛え……」

肺腑（はいふ）から掠（かす）れた声が漏（も）れ、右手があらぬ方向を向いていることを確認する。

この痛み……。

これは夢じゃない……これは……リアルだ。

「HP……残量……どれ……くら……い……？」

ステータス表示を行うと、全ての文字が……危険を表す赤色だった。

名称　名無し
種族　ヒューマン

職業　召喚師
レベル　1
HP　1／225
MP　340／350
力　5
体力　5
素早さ　10
魔力　15

習得魔法：第一階梯（魔法系職業ボーナス）

オマケにHP残量……1の数字が……点滅している。
日本で死んだときも落下死、ここでも……落下死か。
これはマジで笑えねえ。
そうして、1の数字が0になった時、俺の意識は闇に溶けた。

†

見渡す限りの大平原、空にはポツリポツリとウロコ雲。

目を覚ますと、俺の前にはメッセージウインドウっぽい何かが浮かんでいた。で、そこに書かれていた文字とは——

——ラヴィータオンラインの世界へようこそ。

——さあ、チュートリアルを始めましょう。

まあ、メッセージウインドウにはそんな文字が書かれていたわけだ。

「どうなってんだこりゃ？」

と、小首を傾げながら、俺はそう呟いた。

ああ……そういうことか。

そういえばチュートリアルで死んでも、ペナルティも一切無しで、能力値そのままに初期地点からの復活で済んだんだっけ。

「しかし……ここは本当にラヴィータオンラインの世界なんだよ……な？」

だけど、これはゲームじゃない。

少なくとも、さっきの痛みはリアルだった。

――実際、さっき死んだとき……滅茶苦茶痛かったしな。

ってなってくると……と、俺はその場で舌打ちをした。

ラヴィータオンラインの世界では、レベル50を超えれば人間を辞めた領域の超越者という設定になっている。

「あのクソ義父(ヤロウ)……っ」

本来ならアンデッドナイトや巨大骨鳥(アンデッドロックバード)なんて、俺は……それこそ指先一つで粉々にできる能力値を持っているはずだ。

実際、アカウントが削除される前の俺のレベルはカンスト――つまりは99だ。

そう……毎日毎日コツコツやって、そして辿り着いたレベル99。

ゲーム内設定では単騎で小国の軍隊を手玉に取り、破壊魔法で地図を塗り替えるともいわれる……規格外中の規格外のはずなんだ。

「ステータスを表示してくれ」

名称　名無し
種族　ヒューマン

職業　召喚師
レベル　1
HP　225／225
MP　350／350
力　5
体力　5
素早さ　10
魔力　15

習得魔法：第一階梯（魔法系職業ボーナス）

それが……見ての通りのレベル1だ。
あのクソ野郎の幼稚な嫌がらせのせいで……このザマだ。
確か設定上は、一人前の冒険者でレベル10前後だったよな。
騎士団とかの一般戦闘要員もそのくらいなわけで……。
レベル30を超えた辺りで剣聖とか賞金首の有名人とかのレベルになってくる。
つまり、今の俺は雑魚中の雑魚ってことで間違いない。

と、そこで俺の頭の中に声が響いてきた。

――貴方のプレイヤー名は現在設定されておりません。チュートリアル終了をもって本登録となりますので、それまでにプレイヤー名を登録してください。

――チュートリアル終了までに登録しない場合、世界の異物としてデータロスト――死亡します。

――さあ、チュートリアルの始まりです。草原を道に沿って北に向かいましょう。

「ともかく、アンデッドナイトが現れる前に先を急ぐしかない」

それに、レベル1とは言っても状況は最悪ではないんだ。

ラヴィータオンラインの知識は俺は持っているし、それは多少なりともアドバンテージにはなるだろう。

まあ、チュートリアルが終われば本当に死ぬってことだから……心もとないことこの上無いが。

†

そんなこんなで俺は指示通りに平原の一本道を北に歩いて、山中へと入った。

当たり前っちゃあ当たり前だけど、ゲームでの移動はクリックで終了のところ、この世界では実際に歩く必要があるみたいだな。

道中は二時間程度。途中で魔物とのエンカウントも発生した。
・スライム×3　討伐推奨難度レベル0
・ゴブリン×7　討伐推奨難度レベル1
出てきた順番どおりに言うとこんな感じだ。

無論、連中は基本的な戦闘の組み立てを知っている俺の敵ではない。推奨レベルのとおりに倒してるのもあるしな。

まあ、ゲームの知識なり戦闘技術なりを実際に落とし込むのは、かなり苦労してる。けど、基本的に最序盤は魔法で弱点ついて怯ませてからの剣撃で何とかなるってのは変わらないし、事実として何とかなってる。

と、それはさておき、ゴブリンの一匹目を倒したあたりで、俺の耳にこんな声が聞こえてきたんだよな。

――レベルがアップしました。

――回復の宝珠をプレゼントボックスに送付します。

回復の宝珠というのは、レベルアップボーナスのことだ。

端的に言うと、ソシャゲにありがちな「スタミナ値」の回復アイテムだな。

スタミナ値ってのは、敵と戦ったりのアクションに必要な行動力の残高を示すもの。

それで二時間でいくらか回復して……とか、そんな感じの数値のことだ。

でも、この世界ではステータスにスタミナ値の表記が無い。

ここは転生という形態をとっているが故の、仕様変更ということだろう。

けど、回復の宝珠の、スタミナ回復の副産物であるＨＰもＭＰも全て回復するという仕様は恐らく生きている。

え？　何で恐らくって言い方かって？

そんなもん、危険な状態でもないのに、完全回復っていう超希少アイテムを使用するわけにもいかないからだ。

チュートリアルでは死なないから、使うなら外に出てからってなるのは当たり前の話。

それはさておき、山中を行く俺はいよいよチュートリアルの最後の戦闘になったんだけど――

「ラスボスが……ゴブリンリーダーじゃなくて、オークだと？」

チュートリアルの最後。

一気に難易度を上げてきて、ゴブリンリーダーに殺されるのは初心者のお約束みたいなもんだから良く覚えていたんだが……。

そういえば、転生の時にチュートリアルは試用版をローディングとか……そんなこと言ってたな？

なんかバグってた感じだったし、ベータ版（ゲーム本公開前の公開テストバージョン）のデータでも引っ張ってきたってことなんだろうか？

ベータ版のボスは難易度高くなかったって話だし。

「まあ、ゴブリンリーダーってことで、ちょっと身構えてたところはあったけど……」

オークなら、別に初心者殺しってわけでもない。

討伐推奨レベルも2だし、戦闘知識的には俺は玄人（くろうと）なので、倒せないほうがおかしいだろう。

ってことで、オークはサックリ弱点魔法からの短剣で簡単に撃退できた。

――レベルがアップしました。

――回復の宝珠をプレゼントボックスに送付します。

名称　名無し
種族　ヒューマン
職業　召喚師
レベル　1→3

HP　225／225→265／265
MP　350／350→440／440
力　5→7
体力　5→7
素早さ　10→14
魔力　15→21

習得魔法：第一階梯（魔法系職業ボーナス）

うっし、これでレベルも3だ。

つっても、新米冒険者丸出しのレベルで、ゲーム内では「いつでもすぐ死ぬヒヨコちゃん」って揶揄されるレベルなんだけども。

「さて、これでチュートリアル終了ってことなんだろうけど……」

と、俺は荒れた山小屋の中の捜索を始めた。

すると、屋根裏部屋に置かれたテーブルの上に、淡く輝く水晶玉を発見したんだ。

――転移のオーブを回収してください。

――それをもってチュートリアル終了です。お疲れさまでした。

ええと、ちょっと待てよ。

確かチュートリアルが終了した場合、低レベルの魔物が出る地域のどこかにランダムに転送されるんだったか。

で、後は「プレイヤーの数だけ人生がある」の触れ込み通りに、鍛冶屋になるも良し、冒険者になるも良し、国王を目指すも良し。第二のライフをこの地で満喫することになるわけだ。

それで、普通のプレイなら冒険者ギルドに登録して地道にレベルアップして……とか、そんな風になるんだろう。

けれど、このゲームで「you are dead」の文字を見ていないプレイヤーなんて存在しない。

実際、俺としても死なずに冒険者として生きていく自信もない。

さあ、どうするかな……。

幸い、魔法職は魔術系のクラフトの適性もある。

職人ギルドなんかに登録すればどうにかこうにか暮らしていくことくらいは……できるはずだ。

だけど……と、俺は思う。

実はこれ、死なずにレベルアップの方法もあるんだよな。

それは、最初の段階でアンデッドナイトの一味に殺された時に気づいていたことではある。つまりは――

――チュートリアルでは死なない。

これは一部では有名なお遊び要素で「チュートリアルでゾンビアタック！　何度も死んで追っ手のアンデッド軍団狩ってレベル99目指してみた！」と、そんな感じの攻略動画もあるくらいだ。

まあ、チュートリアルで出てくる敵はアンデッド系ってことで、経験値効率が滅茶苦茶悪い。

だから、普通は外に出てから狩りをした方が美味いんだけど……そこはお遊びってことだろう。

実際、動画の人は三百時間くらいかけてたしな。

チュートリアルから物語を始めた場合、普通に進めればカンストまでその半分以下の時間で済む。

それに店買いにしろドロップにしろ、豊富な種類のアイテムも手に入るわけだし。

まあ、そんな感じで相当な暇人以外はそんなことは絶対しないんだが……。

「さて、どうしようか」

と、そこで俺は短剣を抜いて、軽く指先を切ってみたんだ。

「やっぱり痛いよな……第一階梯回復魔法：治癒（ヒール）」

見る間に指先の傷は癒えて、痛みも治まっていく。

そしてもう一度指先を切って、傷を治した。

やっぱり痛い。

それは、日本にいる時と同じ痛みで、すぐに治ると言っても……やはり痛いものは痛いんだ。

「いや、何回も死ぬ前提って……つまりはそういうことなんだよな？」

日本で一回。

そして、ここでも一回。

今まで二回死んでるけど、あんなもんを何回もやれって言われても無理ゲーもいいところだ。

例えば俺は拷問は受けたことはないけど、どこの世界に好き好んでそんなことをやるやつがいるっていうんだ？

それに、俺のゲーム内での職業は召喚師だ。

攻撃魔法やら回復魔法やらは使えるけど、本職には及ばない。

召喚を使うには召喚獣との契約が必要で、それにはイベント攻略や課金が必須になってくる。もちろん、チュートリアル時点でそんなものがあるわけない。

いや、正確に言うのであれば、転生時に神の声が課金周辺データは回収してくれたようなので、契約データも一部は残っている。

だから、俺のレベルが上がるなりして使用条件を満たせば、呼び出すことは可能なんだ。けど、不味いことに……俺の手持ちの召喚獣は全て死亡している状態となっている。

それで、召喚獣を死亡から復帰させるには、特殊な場所でゲーム内通貨（非課金通貨）を支払うしかないんだよな。

それ自体は色んな場所にある施設なんだけど、生憎とチュートリアル時点では利用できない。

つまり、ここでレベル上げするにしても、俺は多大なハンディキャップを抱えている状態だ。

ただでさえ拷問まがいの戦闘システムだってのに……やはりこの状況はどうにもならん。

「ま、一般市民として生きていくのが正解なんだろう」

そうして俺は転移のオーブに手を伸ばして――。

と、その時……俺の脳裏に妹の恵の顔がよぎった。

分からないことは考えても仕方ない、助かっているかもしれないし……と、これまで自分のことだけ考えて色々と進めてきたけど、実際のところはどうなんだ？

「他のプレイヤー……他のプレイヤーの情報は分からないのか？」

俺の問いかけに応じるように、目の前にメニューウインドウが現れた。

フレンド管理の欄が光っているので、ここを見ろってことだろう。

「おいおいマジかよ……」

フレンド登録なんてしてもいないのに、そこには三百人あまりのプレイヤーの名前があったんだよ。

・登録名　ロナウド（本名：西島竜《にしじまりゅう》）
・現在の所在地　ラヴィータ聖皇国
・状態　生存
・ログイン状態　ログイン済み

「これじゃないな」

・登録名　イタチ社長（本名：坂上一郎《さかがみいちろう》）

・現在の所在地　リリック皇国
・状態　生存
・ログイン状態　ログイン済み

「これでもない」

と、こんな感じで名簿が延々と続いていったんだが、途中、俺は赤字で書かれている名前があることに気が付いた。

・登録名　：タカさん（本名：斎藤隆（さいとうたかし））
・現在の所在地　：ロスト
・状態　：魔物に襲われ死亡
・ログイン状態　：ログイン済み

死亡……。

しばらくその名前を眺めていたけど、どこかで復活するような素ぶりも見せない。

ゲームだと瞬時にプレイヤーのホーム拠点で復活するはずなんだけど、どれだけ眺めても文字は赤色のままだ。

――これは、やっぱりそういうことなんだろう。

こりゃあ不味いなと思ったところで、俺は「あっ……！」と思わず声をあげてしまった。
と、いうのも、見る間に名簿の中でポツリ、またポツリと赤字の名前が増えていったからだ。

一人、二人、三人、四人……時間にして十五分くらいだろうか。

呆然としたまま名簿を眺めていたんだけど、三十四人が赤字になったところで……異変が止まった。

「何が起こってやがるんだ？　ものの十五分ってところだぞ？」

名簿から察するに、転生者の総数は三百人程度ってことらしい。

それがたった十五分で……三十四人。つまりは、十分の一の人員が死亡したってことだよな？

そして、最悪に不味いことに、そのほとんどの人間にはこの文字が刻まれていたんだ。

・状態：プレイヤーキルによる死亡

つまりは、これは転生者同士での殺し合いが起きてるってことだ。

そう考えると、ゾワゾワと背中に冷や汗が流れてくる。

ってか、不味いぞ！　そんな状況で……もしも恵がここに来てるとすると……。

と、そこで俺は名簿の中に最悪の名前を確認してしまった。

・登録名　：ステップ（本名：今林歩）
・現在の所在地　：ラヴィータ聖皇国
・状態　：生存
・ログイン状態　：ログイン済み

「あのクソ野郎も……ログインしてやがる……っ！」

いや、当たり前と言えば当たり前なんだけど……これはやっぱ不味い。

ええと……ちょっと待て。

確か、あの男は課金で最強クラスのプレイヤーとか言ってたよな？

しかも、チュートリアル終了後の世界は、プレイヤーキルが横行してるような無法地帯ってことなんだよな？

そんな状態で……あの男と恵が出会ったらどうなるんだ？

『翔子さんに瓜二つなんだよ』

『十六になったら手を出そうかと思ってたんだ』

『強制わいせつ罪なんて法律はどうしてあるんだろうか？』

あの男のそんな言葉を思い出し、胃の中から込み上げる吐き気と嫌悪感に俺は耐え切れなくなりそうになる。

――だが、あの男なら間違いなくやる。どんな手を使ってでも恵を無理やりに……。

不味い……これはマジで不味い。

いや、でも、まだ恵がここに来てると決まったわけじゃない。

転生条件は、日本での死亡だ。

あの火事の時に助かっていたら……ここには来ていないはず。

と、俺は祈るような気持ちで名簿をめくっていった。

「……良かった」

目を皿のようにして名簿を見たけど、恵の名前は無かった。

その場でヘナヘナと崩れ落ちそうになりながら、俺は安堵の溜息をついた。

と、そこで俺は「はてな？」と小首を傾げた。

「いや、俺の名前も無かったよな？」

そして、嫌な予感と共に俺はこう呟いてみたんだ。

「アカウント未登録者の名簿はあるか？」

するとメニュー画面が切り替わり、二人の名前が出てきた。つまりは――

・登録名　：名無し（本名：飯島忍）
・現在の所在地　：チュートリアル中
・状態　：生存
・ログイン状態　：ログイン済み

・登録名　：名無し（本名：飯島恵）
・現在の所在地　：東京都内　大国寺（だいこくじ）病院
・状態　：植物
・ログイン状態　：ログイン予定時刻　日本時間で２５２時間56分後

日本時間？
ってことは、時間の流れが場所によって違うのか？
いや、今はそれはどうでも良い……ってか、ヤベエぞ！

「つまり恵は落下事故で植物状態……そういうことか？」
しかも、ご丁寧なことに寿命のカウントダウンもついている。
ああ、こりゃ不味い！
あのクソ野郎……あんなサイコパス野郎が、法律っていう枷を無くしたらどうなる？
そんなもん決まってる。
――あいつは必ず恵に手を出す。
で、俺はどうする？　どうすれば良い？
そんなもん決まってる。
草の根を分けてでも恵を探し出して、あいつから守る。
けど、間違いなく、あのクソ野郎のレベルはカンストの99。
しかも課金装備をモリモリで持っているのは間違いない。そんな奴から恵を守れるか？
そんなわけがない。
今の俺はレベル3のクソ雑魚だぞ？
――なら、どうする？
「んなもん決まってんだろ！」
そう叫ぶと同時に、俺はギュっと拳を握った。
「――おい、神様だか何だか知らないが……聞いてるか？　俺はプレイヤー名を登録する」

　――プレイヤー名登録の申請を承りました。途中変更はできませんので慎重に決定してください。

「シノブだ……シノブ＝イイジマ。どの道フレンドリストから本名は割れる、だったら俺は逃げも隠れもせずに――あのクソ野郎から恵を守ってやるよ！」

　――プレイヤー名を登録しました。転移のオーブを取得して、チュートリアルを終了してください。

「ただし、オーブは取得しない」

　――指示に従わなかったのでペナルティが発生します。魔物の追っ手です。敵とエンカウントしました。

　そう、ゲームでも同じだ。

　オーブを取らないと……こうなるのは分かっていた。

「さあ、始めようかアンデッドナイト」

　目の前に突然現れたアンデッドナイトからの先制攻撃。

　奴は無言で槍を繰り出してきた。

　今回は敢えて炎魔法で怯ませてもいないし……レベル差もあって回避反応なんてできやしねえ。

「タイムリミットは二百四十時間。地道にコツコツ……レベリングに付き合ってもらうぜ」

胸に突き刺さる槍、そして訪れる激痛。

――そうして俺はこの世界で二度目の死を迎えることになった。

†

不死者が蠢く戦場。

腐った肉が焼け焦げた匂いが充満する戦場で、俺は幾度目か分からない突貫を仕掛けていた。

「血塗られし王者の鎧。お前は物理攻撃からのノックバックの後に必ず――」

相手の繰り出す下段からの切り上げ。

サイドステップでかわしたところを、第四階梯の聖魔法で迎撃。

アンデッドの浄化を確認する間も無く、俺は背後を見ずに短剣を繰り出した。

「で、セットでついてるリッチー。お前はこの場合は魔法ではなく、背後からの鎌で攻撃を繰り出して来る」

リッチーの断末魔の声に怯むことなく、今度は白骨悪魔(ボーンデーモン)四体が空から攻撃を仕掛けてくる。

当然、俺はそれを読んでいるので、掌を頭上に掲げて風魔法で迎え撃つ。

「まあ、お前等の魔物の群れ……十一巡目とは二十回目の付き合いだ。いい加減に行動パターンは読めてるよ」

こいつらはかなりの高位の魔物たちで、討伐推奨レベルはそれぞれ——

・血塗られし王者の鎧(リビングエルダーアーマー)：85
・リッチー：80
・白骨悪魔(ボーンデーモン)：77

全ての表記が赤字で、俺よりも強い。

が、そこは何度も何度も同じ攻防を繰り返している俺の強みだ。

同じ状況を繰り返すということ。

それはつまり、俺の動きに合わせて、相手も毎回同じ動きをするということだ。

死んで、激痛に耐えて、学習して生き返る。

死んで、激痛に耐えて、学習して生き返る。

そして――

――死んで、激痛に耐えて、学習して生き返る。

何度も何度も同じことを繰り返し、相手の行動パターンを把握しているうちに、レベルも上がる。

不死者の群れを倒して、その屍を乗り越えて次へ……どんどん強くなっていく奴らを、俺も強くなってねじ伏せて、前へ、前へと進む。

俺のやることは、ただそれだけだ。

まあ、あれから山小屋でアンデッドナイトに殺された俺は、しばらくの間はチュートリアルの魔物を狩っていたんだよな。

で、当初の予想通りにレベル７辺りで、レベルアップも打ち止め気味になってきたから方針を転換したんだ。

つまりは、草原の一本道を、山小屋に至る北ではなく南に向かう。

と、いうのもペナルティで出てくるのはアンデッドナイトと巨大骨鳥（ボーンロックバード）だけで、こいつらだとレベルが15くらいになってくると、もうまともに経験値にならない。

それで設定上、追っ手は南の遺跡からやってくるってことなんだよな。

だから、追っ手の本拠地である遺跡に自ら向かえば、必然的に敵も強くなる。

実際にゲーム動画での「チュートリアルでゾンビアタック！　何度も死んで追っ手のアンデッド軍団狩ってレベル99目指してみた！」でも、同じことをやってるし。

「さあ、次の魔物の群れだ」

血塗られし王者の鎧（リビングエルダーアーマー）の群れを倒した後、俺は更に南へ向けて歩を進める。

そして遠方に遺跡らしき建物が見えたところで、俺の周囲に忽然（こつぜん）と不死者の軍勢が現れた。

「これは……壮観だな」

地を埋め尽くさんばかりに、俺の周囲に展開されたアンデッドナイトは総数四百。

そして、空に無数に見える巨大骨鳥（ボーンロックバード）がこれまた四百だ。

「まあ、数に頼るのは俺相手だと相性が悪い——第四階梯炎魔法：小規模核爆発（ミニマムニュークリア）！」

設定上、レベル50を超えた魔法使い……っていうか、レベル50を超えた人間は戦術兵器と言われる段階になる。

それはつまり、局地的な小競り合いの戦争であれば、個人の力で戦局をひっくり返すことができるほどの強者ということ。

実際、魔法使い系職業は第四階梯の魔法をレベル50で習得する。

で、今使った魔法なんかは、射程距離は俺を中心に直径五百メートル、普通の兵士相手だと範囲内の全てを一撃で黒焦げにできたりするわけなんだ。

「殲滅終了ってところだな」

あれだけ苦労したアンデッドナイトが束になっても、今の俺には敵わない。

レベルを上げると強くなるってのは、ＲＰＧの常識ではあるんだが……。

と、そこで俺の耳に神の声が届いてきた。

――レベルがアップしました。

「もうアンデッドナイトは経験値稼ぎには使えないと思ってたが、さすがにこの数だと少しは経験値にはなるみたいだな」

さあ、次の魔物の群れだ。

そうして更に南に歩き、辿り着いたのは遺跡の入口。

そこで、魔物の群れの最終段階の一団と遭遇した。

この遺跡はゲームを進めると、終盤で辿り着くことにはなるんだが、この段階ではこれ以上は先には進めない。

つまり、チュートリアルでは、これ以降は同じ魔物の群れが無限湧きするわけなんだ。

と、そこで、俺は周囲に現れた群れのボスに向き直った。

——不死王(ノーライフキング)。

ボロのローブを纏ったリッチーとは違い、こちらは真新しい豪華なローブと杖も装備している。

その力量は……討伐難度レベル95。

そして、その取り巻きの数は、前回と同じく《地獄の軍勢》が十二体。こちらの討伐難度は85だ。

「さあ、四度目のトライだ。今度こそ……」

開幕と同時。

不死王(ノーライフキング)から俺に向けて放たれるのは、第五階梯魔法の「逃れられぬ死線(デス・センテンス)」。

黒色のレーザービームで、絶対防御を誇る世界樹の幹にも傷をつけられるという強魔法だ。

設定上、軍隊とかに放った場合はモーセの伝承みたいに——人間という名の大海が溶けて割れて、そして爆ぜるらしい。

「これは読めてるっ！」

ギリギリのところでレーザーをかわし、すぐさま放たれる二撃目もかわす。

で、お次に来るのが――

――第五階梯上位：冥界の薔薇。

漆黒の炎による爆発で、起爆前の魔力塊がバラの形に似ていることから名づけられたとされる魔法だ。

「第四階梯：四聖獣守護陣っ！」

これについては全方位爆撃なので、こうする以外に防御の手段がない。

「ぐっ……っ！」

ガードの上からでも、こちらのＨＰが半分以上もっていかれた。

やっぱり、正面からまともにやっては分が悪い。

そこで、高位魔法の三連撃を放った不死王の動きが一瞬止まり、俺は不死王に向けて雄叫びと共に突貫する。

さあ、ここまでは想定通り。そして、前回と同じでもある。

――狙うは不死王の首……ただ一つ！

なんせ、不死王はアンデッド配下の全ステータスを１・５倍にするバフスキルを持っているんだ。

とにもかくにも、まずはこいつを潰さないことには始まらない。

そして、今の俺でこいつに通用する魔法は――

「第四階梯聖浄化魔法：熾天使の葬送（セラフィムコール）っ！」

掌から直接、アンデッドに対して膨大にして莫大な聖なる魔力を流す魔法だ。

第四階梯の魔法の中では最もアンデッドに有効だが、打撃のように直接当てる必要があって使い勝手は悪い。

が……それだけに効果は絶大だ。

しかし、不死王（ノーライフキング）の頭を掴むべく繰り出した俺の右手は空を切った。

「高位アンデッドの十八番（オハコ）……スキル：影渡りか？　どこに消えやがった？」

と、俺は溜息と共に肩をすくめた。

「……まあ、そりゃあ俺の影の中だよな」

背後に感じる不死王（ノーライフキング）の気配。

感じられる魔力の流れから、逃れられぬ死線（デス・センテンス）が来ることを確信した俺は、全てを諦めて首を左右に振る。

「このタイミングだな。少しだが攻撃までにタイムラグがある。この瞬間――次は必ずドテッぱらに浄化魔法を決めてやる」

そうして俺は、俺の中の魔力の全てを解放した。

「――第三階梯：純粋魔力暴走（スーサイド）」

これは第三階梯で覚える、事実上の魔法職の最強魔法だ。

ＨｐとＭＰの全てを、つまりは命の全てを引き換えに周囲を超爆発の業火に包む魔法となる。

つまるところはスーサイド……自殺ってことだな。

そして、俺を中心に目もくらまんばかりの光と共に、大爆発が発生した。

――レベルがアップしました。

前回は二体だったけど、この感じだと今回は四体の《地獄の軍勢》を爆発に巻き込んで仕留めたようだな。

そして、爆発の光の中で――暗転する視界の中、俺がただ一つ思うこと。

「滅茶苦茶……いてえ……っ！」

なんせ体の内部から内臓が膨張し、風船のように魔力爆発と共に破裂するんだ。

何度やっても、コレだけはどうにも慣れない。

――そして、俺の意識は闇に溶けた。

名称　シノブ＝イイジマ
種族　ヒューマン
職業　召喚師
レベル　72
ＨＰ　１６４５／１６４５
ＭＰ　３２００／３２００
力　76
体力　76
素早さ　１５２
魔力　２０８

習得魔法：第一階梯（魔法使い系職業ボーナス）
　　　　　第二階梯（レベル10達成ボーナス）
　　　　　第三階梯（レベル30達成ボーナス）
　　　　　第四階梯（レベル50達成ボーナス）
職業固有スキル　鑑定眼（レベル10達成ボーナス）
　　　　　　　　万魔の王（レベル50達成ボーナス）

・登録名　　　　：名無し（本名：飯島恵）
・現在の所在地　：東京都内　大国寺病院
・状態　　　　　：植物
・ログイン状態　：ログイン予定時刻　日本時間で36時間20分後

†

と、まあそんなこんなで——。

どうにかこうにか俺は十九回目のチャレンジで不死王（ノーライフキング）を倒すことができた。

その後は無限湧きする不死王（ノーライフキング）の周回をして、ＭＰが尽きた辺りで殺されて……ってのを繰り返した感じだな。

それで、いよいよ残り二時間を切ったので、俺は転移のオーブが置いてある山小屋を訪れたわけだ。

「タイムリミットもあるし、これでチュートリアルも終了」

アンデッド系は経験値効率が悪いのもあって、不死王(ノーライフキング)以上の魔物が出てこない以上、急速なレベルアップもそろそろキツイ。

それに、俺としては恵がラヴィータオンラインの世界に来る前に、少しなりとも外の世界の状況を把握しておきたいってのもある。

俺のレベルも77だ。

とりあえず、現地の魔物や人間相手にはそれほど恐れる必要もなくなったわけだしな。

なんせ……ゲーム設定上は人間を辞めたと言われる次元が50だから、転生者を除けば俺は世界最高峰の力を持っているということだろう。

――が、やっぱり転生者と鉢合わせは不味い。

クソ雑魚は卒業したとはいえ、それでもカンスト組からすると……今の俺の対処なんて、それほどのことでもないだろう。

いや、それでもレベル77だと瞬殺ってことは普通は無いし、襲われても逃げることならできるかもしれない。

だけど……俺の場合はちょっと事情が特殊だ。

俺の職業は召喚師なんだけど、今までの戦闘で召喚魔法は使ってないんだよな。

神の声曰く、課金関係の召喚獣データは回収してくれてたみたいなんだけど、データ上は死亡扱いになってたから使いたくても使えなかったわけで。

なので、俺としてはチュートリアルを終了後は、すぐに回復施設で召喚可能な状態にして戦力の大幅な底上げをする必要もあるわけだ。

少なくとも、恵がログインする前にはその状態に持っていきたいし、外に出て最速で施設を目指せば二時間もあれば何とかなるだろう。

「良し……行くか！」

と、小さく呟いた俺は、山小屋のテーブルの上の、光り輝くオーブを手に取った。

すると、もはやお馴染みとなった神の声が頭の中に響いた。

――チュートリアル終了。お疲れさまでした。

――終了ボーナスとして、職業スキルの宝珠を授与します。

――それでは二分後にこの場より転移します。

終了ボーナス？

職業スキルの宝珠？

……そんなのチュートリアルであったか？

っていうか、職業スキルの宝珠って何なんだよ？

と、メニュー画面を呼び出してみると、プレゼントボックスに確かに何かが届いている。

確認してみると、プレゼントの内訳はこれまで貰ったレベルアップボーナスの回復の宝珠が七十六個に……それと職業スキルの宝珠が確かにあった。

「スキル：鑑定眼を行使。職業スキルの宝珠を鑑定する」

俺の指示通りに鑑定眼が発動し、メッセージウインドウが現れた。

・鑑定結果
職業スキルの宝珠：レア度　SSS級
召喚師に唯一無二のスキルを授ける宝珠です。
授与スキル：神威解放(しんいかいほう)
また、副産物として使用時にHPとMPの完全回復が行われます。

ええと、とりあえずは回復の宝珠の上位互換みたいな効果か？

ってか、スキル：神威解放？

何か聞いたことあるスキルだけど、ゲーム内にはそんなの無かったような……。

そう思うと同時に、俺は首を左右に振った。

「いや、違う……俺はこのスキルを知っている」

これって確か、次回の大規模アップデートで実装予定の召喚師の新スキルだよな？

効果で言うと配下のステータスが１・７倍になるとかいう……ぶっ壊れ系のスキルだったはず。

他にも、召喚師以外の新職業スキルも笑えるほどの強化具合だったんだけど……。

まあ、職業関係のアップデートの新スキルは全てのユーザーが恩恵を受けるものだ。

なので、ことあるごとに色々な場面でスキルをくれるわけで……。その意味ではチュートリアル終了のこのタイミングで渡されること自体は疑問じゃないんだけど――。

「でも、何で……？　アップデートは二か月後の予定だったはずだ」

と、俺が小首を傾げたところで、目の前の空間が陽炎（かげろう）のように歪み始めた。

†

――どうやら、転移が始まったらしい。

一面が白色の謎の空間。

気が付けば、俺は真っ白で広大な部屋に立っていた。

——プレイヤー：シノブ＝イイジマ。チュートリアル終了者の内、レベル50オーバーのログインを確認しました。

——アガルタの鍵1000人キャンペーンの内、1番目のログインとなります。

——キャンペーン特典によりログインと同時に、理想都市への十三階段に挑戦することになります。

「……なんだそりゃ？　理想都市への十三階段？」

そもそも、この真っ白な空間は何なんだ？

チュートリアルが終了したら、どっかの大平原なり海沿いなり、荒野なりに放り出されるはずだろ？

でも、1000人キャンペーンとか、理想都市への十三階段とか、アガルタの鍵とか……聞き覚えがあるな。

——そうだ、大規模アップデートの新要素だ。

で、アガルタの鍵ってのは確か、色んな特典が貰える新ダンジョンへ挑戦することができる鍵のこと。

ダンジョンの終着地点、理想都市：アガルタでは、大規模アップデート前の課金アイテムがゲーム内通貨で購入可能になるみたいな……そんな触れ込みだったはずだ。

まあ、かなり古いゲームだから運営も思い切ったアップデートをしてきたなって印象深かったから良く覚えてるわけなんだが……。

確か、アガルタの鍵ってのは消費アイテムで、一日一個とか一週間で一個とかの、リアルでの時間経過で手に入る仕様になっているはず。

他の入手方法としては、覚えている限りでは課金、特殊敵からのドロップ、そして——実装直後の１０００番目以内のログインってところか。

「でも、どうして俺が初めてのログインなんだ？」

レベル50以上が条件みたいなんだが、それくらいのレベルの転生者なんて、それこそここには百人以上はいるわけで……。

そこまで考えて、俺は「あっ！」と息を呑んだ。

「……確か神の声は転生の時……試用版チュートリアルのデータローディングって言ってたよな？」

あの時、データが消去されていた関係上、俺の扱いには神の声も困ってるみたいだったもんな。

どういう理屈かは分からんが、元々、転生システムにはチュートリアルが用意されてなくて、急遽どこかから試用版のデータを引っ張ってきたって感じだったし。

「試用版ってのはベータテスト版のことだとばかり思ってたが……あの時にローディングしてたのは大規模アップデート用のデータだったってことか？」

と、そこで俺の頭の中に神の声が響いてきた。

――特殊ダンジョン：理想都市への十三階段。ダンジョン内での死亡ペナルティは他ダンジョンと変わりませんが、全プレイヤーにキャンペーン補償が発生します。死亡時の蘇生費用以上に価値あるアイテム及び経験値の宝珠がプレゼントボックスに送付されますのでご安心ください。

ん？

んんん？

おいおい、何言ってんだよ、神の声。

ゲームでは死んでも、ペナルティはレベル１下がる経験値ロストと、蘇生代金を払うだけだ。

でも、この転生後の世界では……本当に死ぬってことだろ？

アイテムとか経験値の宝珠を、死んだあとに貰っても意味なくないか？

――さあ、バビロンの鍵を使用し、十三階段に挑戦しましょう。

「いや、ちょっと待ってくれ！」

――それでは特殊クエスト：【世界の真ん中の理想都市】を開始します。

――特殊ダンジョン：理想都市への十三階段へ……プレイヤー：シノブ＝イイジマの転送を開始します。

「おいおい……待ってくれよ。拒否権無しかよっ！」

と、俺が涙目になったところで、目の前の空間が陽炎のように歪み始めた。

†

――理想都市への十三階段：第一階層。

薄暗く狭い鍾乳洞。

コウモリの糞尿から発生したアンモニア臭に顔をしかめながら洞穴を進むと、少し広い空間に出た。

そこは二十メートル四方ほどの地底湖で、ひんやりとした空気を肌に感じる。

で――。

この手の階層突破型ダンジョンの場合、帰還というか中断条件は次の二つしかない。

・階層クリアー
・プレイヤーの死亡
更に言うなら、この手のダンジョンは……プレイヤーをビビらせるために、最初の階層に難敵を配置するってのもベタな仕掛けではある。

そんでもって、今、俺の目の前の地底湖にも魔物の群れがいるわけなんだが――。

「……ゴブリン？」

目測二十メートル程度先。

そこにはレベル1で討伐できるはずの魔物が七体いるわけだ。

ただ一つ普通のゴブリンと違うのは、ナイフを持ってるってことなんだが……。

ともかく、そんな雑魚中の雑魚が七体、地底湖のほとりからこちらの様子を窺ってきている。

ひょっとすると、最初に難敵パターンじゃなくて、最初はイージー難易度でボーナスステージのパターン……？

いや、しかし、それにしてもいくらなんでもゴブリンがボスってことはありえないだろう。

本命の強敵は湖の中にいるとか……そういう感じか？

そう思いながら、とりあえずゴブリンにスキル：鑑定を使ってみる。

「……ありえねえだろ」

その結果を見て、俺は半ば呆然とその場で立ちつくしてしまったんだ。

と、いうのも鑑定が表示した情報はこんな感じだった。

名称　　　神話級ゴブリン
種族　　　鬼族
職業　　　戦士
討伐推奨レベル　１０５
戦力差のため、詳細ステータスは表示できません

「何だよ、神話級って……」

しかも討伐推奨レベルは１０５って……。

このゲームって上限レベル99じゃなかったのか？

いや、違う……か。

大規模アップデートで上限は１３０までにレベルキャップが外されるはずだ。

つまり、俺も今……レベル１３０までなれるはずなんだが……それを言っても始まらない。

ともかく、ゴブリンのレベルは今の俺よりも30ほど上だ。

レベルが20ほど上の不死王(ノーライフキング)を討伐するのに、行動パターンを死にながら覚えて……それで十回とか二十回もかかったんだぞ？

オマケに、今回は再チャレンジはできない状態だ。

と、そこまで考えて、俺の頭にこんな一文字が思い浮かんだ。


——死。


その言葉が急に現実味を帯びてきて、体が震えて言うことを聞かなくなってくる。

ってか、おいおい……マジかよ。本当にマジかよ。

死ぬってなんなんだ？

意識が無いってどういうことなんだ？

俺が俺で無くなるって……土に戻るって……どういうことなんだ？

子供の時から、たまに夜寝る前とかに考えていることなんだが……途方も無さすぎて、いつも得体のしれない恐怖に襲われながら、ただただ思考が堂々巡りするだけの命題だ。

だが、その【死】という言葉が、今、現実のモノとして俺の目の前に転がっている。

と、そこでゴブリンの一匹と目が合った。

「あ……」

ゴブリンはニヤリと笑った。

それはまるで、解体小屋の前で並ぶ豚の一匹に狙いを定めたような、そんな冷たい笑みだった。

これは不味いと思ったところで、ゴブリンは目にもとまらぬ速度でこちらに駆け出してきたんだ。


――ギリギリ見えるけど……反応できないっ！


そう思ったと同時に、脇腹に熱い衝撃が走った。

ナイフで切られたことはすぐに分かったが、続けざまに背中に衝撃。

今度は回りこまれての蹴りだ。

盛大に吹っ飛んで、俺は洞窟の壁に打ち付けられ、地面へとずり落ちる。

「一撃で……瀕死かよ」

ＨＰを確認すると、千六百ほどあったＨＰが一気に百を切っていた。

不味いな……これは不味い。

ゴブリンたちの全員が、ゆっくりとした足取りで俺に向けて歩を進めてくる。

ぶっちゃけ、一対一でも勝てる気がしない。

このままだと……よってたかっての瞬殺だ。

と、そこで俺は、今まで何度も使用した切り札を発動させた。


「――第三階梯：純粋魔力暴走（スーサイド）」


チュートリアルでの俺の十八番（オハコ）。

これは第三階梯で覚える、事実上の魔法職の最強魔法だ。

ＨＰとＭＰの全てを……、つまりは命の全てと引き換えに周囲を超爆発の業火で包む。


――そう、これは自殺という言葉通り、絶対に使用者が死ぬ魔法だ。


だけど、たった一つだけ死を回避する方法がある。

そして、それは低レベルクリアー動画ではお馴染みの手段でもあるものだ。

「――回復の宝珠っ！」

レベルアップ特典の回復の宝珠。

ラヴィータオンラインの世界で唯一のＨＰとＭＰの完全回復薬であり、メニューウインドウ内のプレゼントボックスから直接使用することが可能な、希少な回復薬でもある。

戦闘中のあらゆる回復タイムラグや、仕様から切り離されているってことでもあるわけで。

つまり俺がやろうとしているこれは——


——戦闘システムの理外からの刃。


タイミングはシビアだが、理の外からの回復であるが故——自殺技の宿命すらも凌駕することができる。

端的に言うと、これは自殺魔法爆撃の連打技だ。

一般的にも、難所をゴリ押す時なんかに使われる手法で良く知られているものでもある。

経験値や採取の美味いクエストや場所のフラグを立てる直前には、大概が化け物が設置されていて、使うならココしかないというタイミングで、これでゴリ押しをやる奴は多い。

で、今現在、俺にとって正に——使うならここしかないというタイミングっ！

「さあ、どうよっ!?」

完全回復と同時、起き上がった俺は次弾の準備をしながらゴブリンの様子を窺う。

効果のほどは……少しだけどゴブリンの皮膚は焼け焦げているし、顔に苦痛の色も見える。

良し、効いてる！

「――第三階梯：純粋魔力暴走（スーサイド）っ！」

そして訪れる超爆発。

どういう理屈かは知らないが、洞窟の壁は特殊な素材でできているらしく、崩落の兆候なんかも一切見られない。

んでもって、俺の意識が途切れそうになる直前――

「――回復の宝珠っ！」

爆発も収まって、ゴブリンたちにさっきよりも深い火傷も確認した。

これを繰り返せば……イケるはずだ！

今回、回復の宝珠の在庫を初めて使用しているわけだ。

つまりは、残弾数は七ー四！

「第三階梯：純粋魔力暴走（スーサイド）っ！」

目もくらまんばかりの大爆発。

そして途切れそうになる意識。

響き渡るゴブリンの苦悶の声が、飛びかけた俺の意識を覚醒させる。

「――回復の宝珠っ！　んでもって――第三階梯：純粋魔力暴走（スーサイド）っ！」

一方的な展開になってはいるが、その実は俺もギリギリだ。

なんせ、少しでも回復が遅れれば、そのまま俺はお陀仏なんだ。

「第三階梯：純粋魔力暴走（スーサイド）っ！」

魔法をぶっ放して、回復。

魔法をぶっ放して、回復。

魔法をぶっ放して――回復っ！

「第三階梯：純粋魔力暴走（スーサイド）っ！」

そして、魔法をぶっ放して――回復。

ゲームでは、実際の操作はタイミング良く画面をタップするだけだった。

手元が狂ってミスって死んでも、そのままやり直せば何の問題も無い。

だけど、こっちの世界だと……文字通りの死が待っている。

ミスると死ぬ。

最高の緊張感を保てとばかりに、俺は自らの頬を両掌で叩いた。

地雷原を縫いながら走るように――。

全精神を集中させ、コンマ数秒のタイトなタイミングをただただ狙いすまして打っていく。

――俺はここで死ぬわけにはいかない。

——倒れろ、ゴブリン。

——倒れろ、倒れろ、倒れろっ！

——早く倒れろおおおおお！！！！！！

何度も何度も繰り返される、破壊と再生。

そして、激痛。

何度も何度も繰り返される、大爆発とゴブリンの悲鳴。

やがて——

——レベルがアップしました。

そんなアナウンスが俺の頭の中に響いた。

「やった……のか？」

見ると、確かに一匹のゴブリンが倒れている姿が見える。

そして、他のゴブリン連中も虫の息であることを確認し、最後の一撃とばかりに俺はあらん限りの大声で叫んだ。

「これで最後——第三階梯：純粋魔力暴走（スーサイド）っ！」

——レベルがアップしました。

――レベルがアップしました。

――理想都市への13階段：第一階層の全ての敵の討伐を確認。

――職業スキルの宝珠【配下救出】をプレゼントボックスに送付しました。

――魔法職：レベル80の達成を確認。第五階梯までの魔法が解禁されました。


配下救出？

確かコレは……召喚獣の弱点を補強するアップデートの新スキルだ。

今までは、召喚獣は戦闘中に蘇生魔法を受け付けなくて、それに戦闘中以外でも蘇生方法が限られているっていうのがネックだったんだよな。

その弱点を完全に消す方向で作られたスキルで、効果のほどは召喚師自らが召喚獣を蘇生することができるとか、そんな感じだったか。

「外に出た瞬間にプレイヤーキルされたら洒落にならんからな……スキルの宝珠を使用。

配下も現時点で全て復活させる」

召喚獣のデータを確認すると、死亡を表す灰色から、白色の表記に全てが変わった。

ＭＰはゴッソリ持っていかれたけれど、これはいざとなれば回復の宝珠で全快させれば問題ない。

回復の宝珠の残数は六十一。

ギリギリのタイミングでの回復と自殺を繰り返した結果、神経もすり減っている感じで頭がボンヤリする。

「ともかく……疲れた」

その場でへたりこんだ瞬間、目の前の空間が陽炎のように歪み始めた。

「休む間もなく転移かよ」

と、そこで俺の耳に神の声が響いてきた。

——大規模アップデートに関する全プレイヤーへのお知らせ。

——このお知らせは、ラヴィータオンラインの大地に降り立った全てのプレイヤーに通知しています。

——大規模アップデート内容。

——特殊ダンジョン：理想都市への13階段の解放。

——特殊ダンジョンの解放に伴うプレイヤーのレベルキャップの排除、及び職業スキルの解放。

——アップデート更新条件：全てのプレイヤーのログイン。

——最後の未ログインプレイヤーのログイン予想時刻。ラヴィータオンライン、現地時間にして十か月と二十三日。

名称　　シノブ＝イイジマ

種族　ヒューマン
職業　召喚師
レベル　72↓80
ＨＰ　１６４５／１６４５↓１８２５／１８２５
ＭＰ　３２００／３２００↓３２８０／３２８０
力　76↓84
体力　76↓84
素早さ　１５２↓１６８
魔力　２０８↓２３２
習得魔法：第一階梯（魔法使い系職業ボーナス）
　第二階梯（レベル10達成ボーナス）
　第三階梯（レベル30達成ボーナス）
　第四階梯（レベル50達成ボーナス）
　第五階梯（レベル80達成ボーナス）
職業固有スキル　鑑定眼（レベル10達成ボーナス）

万魔の王（レベル50達成ボーナス）
神威解放（アップデートスキル）
配下救出（アップデートスキル）

装備
・神話級のアサシンナイフ（神話級ゴブリンからのドロップ品）
・死を司る賢者の短杖（たんじょう）（リッチーからのドロップ品）
・王者の軽鎧（血塗られし王者の鎧（リビングエルダーアーマー）からのドロップ品）
・地獄の籠手（こて）（地獄の軍勢からのドロップ品）
・叡智ヲ凌駕セシ者ノ外套（不死王（ノーライフキング）からのドロップ品）
・死の指輪（リッチーからのドロップ品）

第二幕　百年後の世界、人類は衰退していました

「さて……」

理想都市への十三階段：第一階層から帰還した俺は、火山地帯に佇んでいた。

チュートリアル終了後は、魔物が弱い地域にランダムに転送されることになるわけで、ここデンゲイ活火山地帯は予想していた場所の一つでもあるんだよな。

チュートリアル期間中にプレイヤーキルが行われていたので、実は、開幕早々の出現ポイントへの待ち伏せ襲撃なんかも想定していたんだが——誰も襲ってくる様子はない。

まずはそこは一安心。

だけど、直前のアナウンス……アレは何だったんだろう？

フレンドリストから、最後の未ログインプレイヤーってのは恵ってことで間違いない。

しかし、ラヴィータオンライン、現地時間にして十か月と二十三日……だと？

恵がこの世界にログインしてくるのは、日本時間で残り二時間くらいのはずだ。

「それがどうして十か月……？」

と、そこで俺は「ああ」と納得して頷いた。

地球と、この世界では時間の流れが違うということなんだろう。

それで、チュートリアル中ってのは本プレイ開始前だから、地球の方の時間が採用されていた……と。

しかし、となると……二時間で一年近くの時間の流れの違いがあるわけだよな？

最初に時間を確認した時は二百五十時間以上あったから……。

「俺の知ってるラヴィータオンラインから、百年以上たった世界ってことか？」

計算してみると、転生者がこの地に降り立ってから、それくらいの時間が経過しているということになる。

けれど、寿命のことを考えると……それだけ時間経ってたら、フレンドリストは死亡で埋め尽くされるはずだよな？

「いや、ラヴィータオンラインのシステムには、死亡はあっても老化は無い……か」

ってことは……、ちょっと色々と不味いな。

それだと俺の知ってるゲームの知識とは相当な食い違いが起きてるんじゃないか？

幸い、恵のログインまでに時間はあるみたいだし、ここはまずは現状の情勢の調査から入った方が良いだろう。

確認したいのはこの四つだ。
・転生者の情報

・各国やギルドなんかの状況
・そして、現状の俺の力

——そして何より、クソ野郎の動向だ。


忌々しいことにアレはレベル99って話だ。

単体で相手にするだけでも厳しいっつーのに、転生者同士でつるまれたりしてたら、こっちも何らかの対策を取らなきゃ瞬殺されちまう。

まあ、それはさておき、現状の力の把握はこの場でやってしまおう。

なんせこの火山地帯は、地中のマナとマグマの活動が活発とかいう……そんな良く分からん理由で数日おきに山が出たり引っ込んだりしてるような場所だ。

「大噴火クラスの破壊が一つくらい増えても、騒ぐ奴も気づく奴もいないだろ」

と、そこで俺は遠くから大岩が飛んできていることに気が付いた。

ついさっき、遠くで噴煙が見えたので、そこから火山弾が飛んできたんだろう。

「まずは腕力の確認だ」

岩のデカさは直径五メートルってところか。

見た感じ、あの大岩は俺から少し離れた場所に落ちるようだ。

「フンっ！」

足に力を込めて、大岩まで一直線に飛んでいく。

「やっぱり、数十メートルくらいは軽々ジャンプできるんだな」

そうして岩に向けて放ったのは、七割くらいの力を込めた右ストレート。


――ドグショラオオオオオオンっ！


破壊音と共に、大岩は粉々に爆裂四散して飛んでいく。

そしてスタっと軽い音と共に、地面に着地。

「なるほど。じゃあ、次は魔法の確認だな」

そこで俺は、近くに見えるエアーズロックくらいの岩山に向けて、懐から取り出した短杖をかざしたんだ。

「咎人（とがびと）ならぬ咎神（とががみ）の、神を屠（ほふ）りし紅蓮をここに顕現――第五階梯核熱魔法：火之迦具土（ヒノカグツチ）」

心臓から熱い何か――魔力が核熱の杖に向けて流れていくのが分かる。

これは神殺しの火の神の名を冠する、第五階梯の超魔法：火之迦具土（ヒノカグツチ）だ。

――第五階梯。

――それは、人の子に禁じられた知識であり、失われし魔法。

――そして伝承に曰く、神殺しの力。

それがラヴィータオンラインの設定なんだが、実際の力はどんなものなのか。

と、そこで俺の掌から熱線が放たれた。

何ていうかこう、漫画やアニメで言うと宇宙で艦隊同士がレーザーを打ちあって戦うとか、金髪の超人たちが掌から放つ気光波的なとか……。

まあ、そういう系の、地球が危ない系の、明らかにヤバイ何かが掌から放たれた。

煌めく閃光。

響く轟音。

そして続く熱風。

大岩の大部分が爆裂し、そして爆心地付近が蒸発したのが見えた。

「なるほど……」と、俺は大きく頷いた。

「大体分かった。これがレベル80の領域ってことか」

そうして俺は飛翔魔法を使い、空に浮かび上がる。

「しかし、これほどの力を有する転生者たちが……この地でどう振舞っているのか」

一抹の不安を覚えながら、俺は一番近くに所在する国――リリック帝国に向かったのだった。

†

高度三百メートル程度からの視界。

物凄い勢いで景色が流れていき、火山地帯を抜け、砂礫(されき)地帯へ。

そして一面の砂礫に徐々に緑が混じり、気が付けば俺は草原地帯を飛んでいた。

途中、兵士と思われる男を追いかけまわしている複数の魔物の姿が見えたので、鑑定を行使してみる。

・種族説明　オーガ
討伐推奨レベル20
厄災認定されるほどの凶悪な魔物。地方領主所有の騎士団程度では、その討伐は難しい。群れで存在が発見された場合、通常、Aランク冒険者と大規模な騎士団で連携して殲滅にかかる程の、凶悪にして強靭な上位鬼種。

名称　オーガ
種族　上位鬼種（最終進化体）

職業　ウォーリア
所属　無し
HP　880／880
MP　0／0
力　85
体力　45
素早さ　10
魔力　1

「厄災認定？」

ゲーム設定上、オーガと言えば序盤の難敵ではある。

とはいえ、ベテランとか……あるいはそこそこ凄腕の冒険者であれば何とか討伐できる程度の魔物のはずだろ？

騎士団の出動なんて大袈裟なもんじゃないはずだ。

この説明はレベル50超えの火竜とかなら分かるんだが……いくら何でも大袈裟に過ぎる。

「ともかく、捨て置けないな」

なんせ兵士が追いかけまわされてるんだし。まあ、一応は兵士のステータスも確認しておこう。

名称　ジャック=オルコット
種族　ヒューマン
職業　兵士
レベル　10
HP　250／250
MP　0／0
力　12
体力　12
素早さ　6
魔力　3

えーっと、設定上では普通の武装要員はレベル10前後が相場のはずだから、普通の兵士さんってところなんだろう。

でも、何だか分からんが……ステータスが妙に低いような気がするな。

レベルが10もあって近接職ならHPは500〜600くらいはあるはずなんだけど……。

「ともかく、助けないといけないのは間違いない」

しかし……と、俺は思う。

この世界で、俺は強者だろう。

でも、他の転生者という存在がいるわけで、連中のスタンスを知る前に目立つのは不味い。

なら目立たずに助ける必要があるわけだ。第五階梯魔法は論外として、どうするべきか。

まあ、確か設定上はこんな感じのはずだったよな。

・第五階梯：神の領域
・第四階梯：人外の領域
・第三階梯：凄腕の領域
・第二階梯：ベテランの領域
・第一階梯：初心者魔法使い

と、なると……オーガを殲滅できる程度の魔法なら問題ないか。

「第二階梯：巨大火玉（ラージファイア）」

都合五つの炎弾。

俺のコントロールのとおりに、眼下の魔物の群れへ魔法攻撃が加えられた。

「ガアアアアっ！」

「グウウウウウアアアアっ！」

「アビュルシっ！」

火達磨になったそれぞれが思い思いの断末魔の声をあげて、炭化し地面へと倒れていく。

まあ、普通なら第二階梯だと中ダメージくらいで、一撃で戦闘不能とまではいかない。

が、そこは魔力数値の補正ってところだろう。

「これで兵士も大丈夫ってとこだな」

今回の顛末としては、謎の魔術師が帝国兵士を助けたって感じになるはずなんだが、俺が使ったのはあくまでもベテラン程度の魔法だ。

まあ、ベテラン冒険者が、通りがかりに人助けをしたってなもんで、別に珍しい話でもないだろう。

「とはいえ、悪目立ちするのも良くない。これ以上の干渉は危険っていうか、そろそろ夜だし野営の準備をしないと」

そうして俺はしばらく飛んで、森の中の湖のほとりに降り立った。

ちなみに、実はこの場所を選んだのには理由がある。

と、いうのもこのスカサハの大森林はハイオークの群れが湧くことで有名なんだ。

で、ハイオークってのは弱いくせに食材として売れるわけで、その出現ポイントは序盤の良い狩場として有名だ。

そんでもって、街中のＮＰＣなんかけ「ハイオークは美味い美味い」ってみんな連呼してるわけで――

「一度食べてみたかったんだよな……ハイ・オークの丸焼き」

ま、もちろん新米冒険者たちの稼ぎを減らしちゃ悪いから、乱獲は控えないといけないけどな。

そうして俺は森の中へと足を踏み入れたのだった。

サイド：辺境騎士団長ロベルト＝スミス

ガタゴトと揺れる馬車の中。

全身をフルプレートの甲冑に身を包んだ私は、何度目か分からない舌打ちをした。

辺境のスカサハ自治区にとって、ハイ・オークの１００を超える群れが確認されるなど、それは正に寝耳に水の――

——未曽有のモンスターハザードなのだ。


ハイ・オークと言えば辺境における恐怖の代名詞だ。

更に言えば、未確定情報であるが……オーガの群れまでもが確認されたという話だ。

ハイ・オークの集団ですら辺境の騎士団には荷が重いというのに、それに被せてオーガの群れ。

「ハハ……」と、私は力無く苦笑する。

オーガの報告が事実であれば今回の事態は間違いなく厄災(ディザスター)と認定される最悪の状況。

だがしかし、この方が同行してくださるとは、地獄に仏とはこのことだろう。

「いやあ、今回は高名なるBランク級冒険者……焦炎(しょうえん)のジェイコブ様に魔物討伐へのご同行を賜り、感謝の極みですよ」

と、そこで私の対面の男はフンっと鼻を鳴らした。

二十代前半の蒼のローブに身を包んだ男。

揺れる車内の中、先ほどから読み続けている本から目を離さず彼は口を開いた。

「タイムイズマネー。私は今、魔導書を読んで自身の修練に励んでいるのです……邪魔しないでいただけますか？」

彼の読んでいるのは【黒の禁術】と呼ばれる書物だ。

それは悪魔が書いたとされる第二種危険指定魔導書であり、普通の人間であれば最初の一ページを読んだ瞬間に脳が焼ききれ発狂するという。

が――。

彼はそれを魔法による防御も、魔導器具によるサポートも受けずに読んでいる。

つまりこれは、自らの魔法抵抗のみをもって完璧にレジストを行い、平然と読みこなしてしまっているという驚愕の事実なのだ。

「……申し訳ありません。ジェイコブ様」

「素直でよろしい。タイムイズマネーでありますが、私の貴重な時間を割いて、貴方との会話に臨みましょう。感謝するように」

「は、はい！　ありがとうございます！　ジェイコブ様！」

「それで……ハイ・オークでしたか？　現場まで出られるような騎士団の方は脳まで筋肉の方が多いですが、貴方は騎士団長というほどですから……状況の説明くらいはまともにできる知能はお持ちなのでしょう？　今回の威力偵察における、今現在の状況説明を許可します」

あまりにもな物言いに、私は一瞬呆れた表情を作る。

けれど、ジェイコブは魔術師としてまさに天才としか表現のしようの無いこともまた事実なのだ。

「ジェイコブ様？　今回は【焦炎】と呼ばれる貴方様の代名詞――【あの魔法】を使っていただけるのですね？」

「ええ、滅多に見られるものではないので感謝してください。人類の到達点と言われる至高の炎魔法ですよ」

それは、まがうかたなき天才が自身の体を苛め抜き、そして辿り着いた境地でしか扱うことを許されぬ魔法のことだ。

つまるところ、その名は――


――第二階梯範囲炎魔法：ノーマルファイア。


人類の限界ともいわれる最高ランク魔法に思いを馳せて、ゴクリと私は息を呑んだ。

「やはりお噂は本当だったようだ。まさか……ノーマルファイアを使うことができるとは」

「まあ、それだけで終わる私ではありませんがね。いつか辿り着いてみせますよ……魔術の極み。炎龍王に」

「炎龍王……？」

と、その言葉に私は絶句する。

彼は二十代という若さで人類の到達点である第二階梯に達したというのに……更なる高みを目指すと言っているのだ。

それはつまり、第二階梯の中でも最上級と呼ばれる、その名を――


――炎龍王のため息。


比肩する者なき魔導師としての頂点を、彼は目指していると……今、確かにそう言った。

普通の魔法使いがそう言ったならば「何を馬鹿なことを」と一笑に付され、大言壮語と取られるだろう。けれど――。

深淵(しんえん)までをも見透かしそうな、どこまでも深い、自信に満ちたジェイコブの蒼の瞳を見つめながら、フっと私は苦笑した。

「確かに、貴方であれば本当にそんな偉業を成し遂げそうな気がしますね」

「で、状況はどうなのです？」

「は、はい！　ご存じのとおりにハイ・オークの群れが確認されました。他に未確認情報として十体以上を目撃したとの情報が……」

「オーガですか？」

「いや、それはさすがに眉唾と思ってもらっても結構でしょう。何しろここ百年以内に、ここいらでのオーガの発生例は皆無です。まあ、ジェイコブ様がいらっしゃれば、恐るに足らずでしょうがね」

「いえ、オーガが十も群れをなしていれば、私ですら殲滅は不可能でしょう」

「ジェイコブ様をして、そうおっしゃいますか？」

「一度Aランク冒険者も参加した厄災処理の仕事をしておりまして、見たことがあるんですよ。魔法で一撃で葬り去るとすると、恐らくは第三階梯以上の魔法となってくるでしょう」

「第三階梯？　それは最早伝承上にのみ存在する……」

「ええ、人外の理の領域です。それを扱えるのであれば、それはもはや人間ではありません。百年前ならいざ知らず、今の世界でそれを扱えるような者は……」

「ジェイコブ様をもってしても……ですか？」

「流石（さすが）に天才である私ですらも……たとえ生涯をかけても難しいですね。まあ、個人でという話に限定すればですが」

と、そこでゴクリと私は息を呑んだ。

「儀式魔法ならば可能……ということですか？」

ええ、とニッコリとジェイコブが微笑（ほほえ）んだ。

「大国が大層な人数と魔法具を用意した儀式。それでようやくこの世に奇跡としか言いようのない事象を顕現させる……それが第三階梯です」

「では、ジェイコブ様？　仮に、本当に報告通りに十体以上のオーガの群れがいた場合、我々は……どうすれば？」

その問いかけに、再度ニッコリとジェイコブは微笑んだ。

「貴方たちが虐殺されている間に私は逃げます。その後、私が帝国中枢に大規模な騎士団の出動を要請……まあ、現実的にはこの辺りが妥当な線でしょうね」

「はは、これは冗談にしても笑えませんな。焦炎のジェイコブ様が、騎士団を肉壁にして逃げるなどと……」

「タイムイズマネー。そしてライフイズマネーです。貴方たち二百人の命と私の命――どちらの価値を優先するかは考えるまでもないでしょう？　私という存在の欠落は世界の損失なのですから」

顔色一つ変えずにそう言ったジェイコブに、私は狼狽（ろうばい）と共にこう応じた。

「ジェイコブ様……まさか本当に？」

その時、馬車の外がにわかに騒がしくなり始めた。

外を行く兵士たちが口々に「ハイ・オーク」との言葉を発しているのを確認し、ジェイコブは大きく頷いた。

「そろそろ始まったようですね」

と、そこで車中のジェイコブは生活魔法で温めた湯を、挽いたコーヒー豆の入れられた容器に注ぎ始める。

「こ、こんな時にコーヒーブレイクですか？」

「渦中の時ほど冷静に……ということです。まだ交戦中ではないようですし、どうですか貴方も一杯？」

ニコリと笑ったジェイコブは、コーヒーをカップに移して口をつける。

そして優雅な仕草でゆっくりと一連の動作を終えた後、外に向けてこう呼びかけた。

「さて、それでは状況の説明を願います」

「ハ、ハイ・オークの群れが……茂みの中にいて……散開して囲まれています！　そ、それに報告では百を超える程度とありましたが……二百、いや、下手をすれば二百五十を超えていますっ！」

と、そこで初めてジェイコブの表情が曇った。

「開戦当初に第二階梯：ノーマルファイアの範囲魔法を一撃……それで百は屠れるでしょう。が、次の詠唱……第二階梯であれば、いかな私とは言えチャージに二十分はかかりますよ？」

その言葉を受け、私は「参ったな……」と呟いて、肩をすくめた。

「そこは我々が体を張って魔術師——ジェイコブ様を守りますよ」

その言葉を受けて、ジェイコブはフンっと鼻で笑った。

「初撃の範囲魔法は行いますよ。それをもって私は戦線から離脱させてもらいます」

「え？　何をおっしゃって……？　貴方は我々の護衛で……ハイ・オークの群れを殲滅することが仕事でしょう⁉︎　それは重大な契約違反ですよ？」

懇願するようにそう言うと、ジェイコブは嘲るように言った。

「どうせ貴方たち——全滅するでしょう？　戦力差が圧倒的な場合、契約破棄は正当防衛の一種として認められます」

「いや、ちょっと待ってください！」

「と、そういうわけですので……とりあえず外に出ましょうか」

「時間は我々が稼ぎます！　オークがたとえ二百五十でもジェイコブ様と我々が協力すればーーっ！」

「くどいですよ？　ライフイズマネーです」

と、その時、頭上の枝葉がガサガサと揺れた。

そして次の瞬間、黒いマントの男が樹木の上から飛び降りてきたのだ。

サイド：飯島忍

ハイ・オークの気配を追って森を進むこと一時間程度。

かなりの規模の群れを発見したけど、どうやら先客がいたらしい。

騎士団みたいな連中がいて、大規模な害獣駆除の任務中って感じだったんだが鑑定を見て驚いた。

レベル10くらいの連中が半数で、残りはレベル5か6で……。

まあ、寄せ集めの練度の低い騎士団って感じだったんだが、平均ステータスが明らかに低かった。

レベルが10もあるのに、レベル1に毛が生えた程度のステータスしかないんだから、俺としては絶句するしかない。

っていうか、レベル3の兵士に至っては普通にレベル1以下のステータスだったんだから……もう、何が何やら分からない。

ともかく、百人からの人間が全滅するのを見過ごすのも寝覚めが悪い。

ってことで状況に介入してみたんだが――

「おい、お前は……？　どこから現れた？」

騎士団長っぽいヒゲの中年の男が俺に何かを言ってきたが、ここは答えない方が良いだろう。

嘘をつくのも面倒だし、ハイ・オークなら第二階梯の数発で簡単に焼き払える。

ここは素性を語らずに、さっさと片付けて謎の凄腕魔術師くらいの感じでフェードアウトするのが得策ってところだろうか。

ってことで、俺は騎士団長を無視し、ハイ・オークの群れに向き直った。

すると、騎士団長は後ろから俺の肩を乱暴に掴んで来たんだ。

「冒険者であれば所属とランクを言え。それと……手伝うつもりならやめておいた方が良い。なんせ相手はハイ・オークの集団だ。今現在、この地域にいる冒険者でどうにかできる種族と……規模じゃあない」

と、その問いかけに俺は「はてな」と小首を傾げた。

確かに数はめちゃくちゃ多いがハイ・オークだろ？

こんなもんベテラン冒険者が数人いればどうとでもなるはずだ。

いや、でも……辺境だとベテランの存在がそもそも珍しいのかもしれない。

「まあ、ともかく所属とランクを言うんだ。万が一の可能性として、ここにいらっしゃるジェイコブ様の領域……Bランク以上の冒険者ならばこちらも歓迎するがな」

その言葉を聞いて、ジェイコブとかいう二十代半ばの男が、嘲(あざけ)るような薄ら笑いを浮かべた。

「ロベルト騎士団長、所属とランクの確認の必要はありませんよ。フっ……見た所、どこの田舎から出てきた冒険者かは分かりませんが、その装備……お里が知れますね？」

「お里が知れると言いますと？　俺の装備は何か不味いんですか？」

フンっと鼻を鳴らし、ジェイコブは顎をしゃくりあげてきた。

「……私を見ても顔色を変えないとは、本当にお里が知れますね。この辺りの冒険者で私を知らないなど、モグリも良い所ですよ？」

うーん。

これはどうしようかな。

この世界は俺の知ってるラヴィータオンラインから百年くらい後の世界ってことらしいから……装備が不味いってのは気になる。

ひょっとすると、俺の知らない技術革新やら何やらがあって、それが原因で……呪殺やら石化やらのバッドステージ等で一撃死ということも十分考えられるもんな。

しかもこのジェイコブとかいう男――

――何だかとても偉そうに知った風な口を利いている。

ここまで偉そうに自信満々なやつは、今まで俺の人生で出会ったことはない。

まあここはとりあえず装備について、ジェイコブの意見は詳細に聞いておいたほうが良いかもしれないな。

「あ、なんかすいません。偉い人とは知らなかったので……」

「貴方……私を見たのなら、まずはそちらから挨拶するのが常識でしょう？　本当に失礼ですよ……まずは頭を下げて、そして謝罪なさい」

な、なんだこいつは……。

本当にビックリするくらいに偉そうなやつだな。

でも、ここまで言うくらいなんだから、本当に偉い人で実力もあるのかもしれない。

まあ、口だけの謝罪ならタダだし、ここは言うことに従っておこう。

「初対面で失礼な態度を取ってしまい、本当に申し訳ありませんでした」

と、俺がペコリと頭を下げたところで、ジェイコブは「うむ」と満足げに頷いた。

「ほう、意外に素直ですね？　貴方に対する私の評価を、田舎者の生ゴミから、田舎者の粗大ゴミにランクアップしましょう」

「それで、俺の装備の何が不味いんでしょうか？」

そんな俺の問いかけに、ジェイコブはしばし考えてからニヤリと笑った。

「不味いというよりも、低ランク冒険者だと一目で分かると言った方が良いでしょうかね？」

「と、おっしゃいますと？」

「黒一色の外套(マント)など、自らがギルドの最下級だと語っているようなものじゃありませんか？　ギルド員は見栄の商売という側面もありますからね。高価な鮮やかな染料や、煌(きら)びやかな装飾品で見た目を彩る。それが冒険者の嗜(たしな)みであることはギルド員であれば常識でしょう？　依頼人にしても粗末な見た目の者だと心配してしまいますし……伊達を気取るだけの稼ぎ、つまりは実績もないのかとね」

ああ、そっち系の話ね……。

いや、そもそも別に冒険者じゃねーんだけどな、と俺は困惑気味に曖昧な笑みを浮かべる。

「タイムイズマネー。さあ、話はここでお終いです。時間単価の高い私からの教授ですから感謝するように」

そしてジェイコブは最後に『貧乏冒険者が……』と、フンっと鼻で笑ったんだ。

いや、まあ、この世界の冒険者の文化を知れたのは良いことなのかもな。

そういう風に納得して、ここはこの男の言うとおりに感謝しておこう。

と、そこでジェイコブは思い出したかのように手を叩いた。

「さて、ロベルト騎士団長？　そろそろハイ・オークとの交戦も始まりそうな気配ですね」

「本当にお手伝い頂けるのは初撃だけなのでしょうか？」

「くどいです。むしろ、敗色濃厚なこの状況で、初撃だけは打ってあげる心優しい私を賞賛すべきでしょう？　で、どちらの方角に範囲魔法を放てば？」

「……」

無言でロベルトは左の方角を指さした。

森の中に散開したハイ・オーク。

主力部隊の多くはその方角に存在し、気配から察するに概ねあちらにいる数は百程度ってところだろうか。

「しかし、ジェイコブ様……その後、我々は全滅です！　どうか、どうかご慈悲を……っ！　我々のサポートがあれば、貴方なら二発目の魔法の発動まで粘ることは難しいことではないはずです！」

「くどいですね。こっちは慈善事業でやっている訳ではありません。おっと、コーヒーが残っていましたね。残してはもったいない……」

そしてジェイコブは馬車の中に戻ってコーヒーカップを持ってきた。

で、そのまま優雅な仕草でコーヒーカップを手に取り、立ち飲み状態で呷り始めたんだ。

っていうか、なんでこいつはこの状況でコーヒー飲んでんだよ……。

本当に意味の分からんやつだな。すっごい偉そうだし。

「まあ良いや。俺は俺で好きにさせてもらうから」

しかし、敵の数が多い上に散開していてやりにくい。

第二階梯だと……手間取りそうだな。

ま、第三階梯くらいの魔法なら凄腕魔法使いくらいの扱いなので、それほど目立つということもないだろう。

今回はそれでいこうかな。

サイド：ジェイコブ

「まあ良いや。俺は俺で好きにさせてもらうから」

黒ずくめの男はそれだけ言うと、ハイ・オークの群れが潜む森に向けて歩を進め始めたのです。

と、そこで、激昂したロベルト騎士団長が男の右手を握って引き止めました。

「おい、お前！　ジェイコブ様もおっしゃっていたが、お前は低レベルの冒険者なんだよな？　勇気と蛮勇は違うんだぞっ!?」

「……」

無言で黒ずくめの男はマントの中に手をやります。

そして、隠し持っていた短い杖を取り出しました。

はてさて、低レベル魔法使い風情が何をするつもりなのでしょうか？

と、私はコーヒーカップに口をつけます。そして——

「焼き払え——第三階梯：炎龍王の息吹」

それは、一瞬の出来事でした。

黒のマントを羽織った、男の正面。

三百六十度の円周の三分の一、丁度百二十度の扇形に、全てを焼き尽くす獄炎が広がっていったのです。

藪が蒸発し、樹木の幹が炭化し、そして断末魔の声を上げる間もなく、ハイオークが倒れ息絶えていきます。

有効射程距離は概ね百メートル程度といったところでしょうか。

その圏内に入った、その全てが……瞬時に炎龍王の息吹に呑まれ、文字通りにその命が刈り取られました。

「な……な……な……？」


この男……確かに、今、確かに……第三階梯と言いましたか？

しかも、その最上位である……炎龍王の息吹ですって？

それは私が生涯をかけて会得しようとしている、第二階梯の中での最上位【炎龍王のため息】の……その更に上位である第三階梯最上位【炎龍王の息吹】……？

そしてあろうことか、黒ずくめの男は逆の方向に向き直り、再度口を開いてこう言ったのです。


「焼き払え――――第三階梯：炎龍王の息吹」


これで扇状の被災箇所は二か所となりました。

円で言えば、その三分の二が塗りつぶされたことになりますね。

ガクガクガクガクガクと、私はその場で震えることしかできません。

――眼前に突如として現れた、神の御業。


人外の領域と呼ばれる第三階梯――その最上位。

こんなことはありえない。いや、ありえていいはずの現象ではありません。

しかし、目の前に広がる光景は、確かに私に非現実的な現象を目の当たりにさせているのです。

そうして続けざま、黒ずくめの男は……炎で制圧していない最後の面に向き直り、そして……あろうことか、また同じ口上を垂れたのです。

「焼き払え――第三階梯：炎龍王の息吹」

私は思わずその場に力なくへたりこみました。

――ありえない。

――ありえないありえないありえない。

――決して、決して、いや、絶対に……ありえて良いことではありません。

もはや事態は私の掌をすり抜け、見当もつかない領域へ。

そう、これは……ほとんどおとぎ話の領域です。と、騎士団長のロベルトは腰を抜かし

てすっとんきょうな声をあげました。

「第三階梯の……さ……さ……さ……三連……撃？」

そして、その奇跡の御業の一部始終を見ていた私は気づけば――

――飲んでたコーヒーを盛大に噴いていたのです。

サイド：飯島忍

雨。

森林火災を防ぐために、俺が使った第二階梯：ウォーター・フォールで、辺り一面に土砂降りが降り注いでいる。

で、魔術師のジェイコブはコーヒー噴いた時に気管に入ったみたいで、それはもう盛大にせき込んでいたんだ。

「ゴホッ！　ゴホッ……！　ゴホッ！　ゴホゴホゴホッ！」

そしてジェイコブの呟が収まったと同時に、彼は虚ろな目で何やら呟き始めた。

「第三階梯魔法の三連撃とはそれはつまり魔術的演算速度という概念で語るのであればそれはCランク級の魔術師で換算すると十人分のマックスの演算能力が必要となるわけでそれはほとんど人間では無くそもそも第三階梯魔法を扱うことの出来る人間などここ百年では理論的に生まれるわけもなく仮にそれを可能にするにしても神具である特殊な杖と魔法陣の補助の儀式魔法という形であってようやく第三階梯の最下級である魔法をギリギリで扱うことができたというお話であり……そうか分かったぞこれは夢だ夢なんだあるいはこれは黒の外套を羽織る彼の仕掛けた幻術魔法だいやでも幻術魔法だとしてもこの私にここまで効果テキメンに魔法を効かせるにはやはり第三階梯の幻覚魔法が必要な訳でそうなってくるとやはり私は……」

ジェイコブは遠い目で空を見上げながら、虚ろな表情でマシンガン的に延々と何やら呟き続けている。

そして、なおもブツブツと何かを語り続ける彼を一瞥して、騎士団長は何とも言えない表情で俺に向き直ってきた。

「大賢者様……お目どおりでき、光栄至極でございます」

「大賢者？　どうしてなんですか？」

　はてな、と首を傾げる俺に騎士団長もまた首を傾げてきた。

「いや、貴方様が使われたのは第三階梯の魔法でしょう？　だからこその大賢者様で……」

「俺が使ったのは第三階梯です。凄いっちゃあ凄いんでしょうけど、大賢者ってのはいくらなんでも言いすぎでしょう？」

　ゲームでも大賢者と言われる存在は何人かいるけど、みんなちゃんと人外領域のレベル50以上だしな。

　第三階梯はレベル30～50くらいの枠で、凄いっちゃあ凄いけど……上には上がいると、そんな感じくらいのはずだ。

「いや、ですから第三階梯の魔法ということは、それはつまり大賢者様でしょう？」

「いや、だから第三階梯ということでどうして、それが大賢者となるんです？」

　う〜ん、何やら話が噛み合っていない。

　で、お互いに首を傾げたところで、俺はジェイコブを指さした。

「ときに、さっきからあの人どうしたんですか？　コーヒーを噴き出したと思ったら突然、涎を垂らしながらブツブツ言い始めて……完全にあっちの世界の住人になってますよ？」

「ああ、あちらの方ですね。あれはBランク級の冒険者様でジェイコブ様とおっしゃいます。二十代で第二階梯級魔法を使いこなす——才人中の才人ですよ」

「第二階梯でBランクって……マジですか？　ええと、ちょっと待ってください……あそこのジェイコブさんって具体的にはどの魔法を使えるんですか？」

「あの方の扱う魔法は――超魔法であるところの第二階梯の下位魔法：ノーマルファイアでございます。だからこそのBランク級冒険者となりますね」

と、そこで俺の背中に冷や汗が流れた。

ノーマルファイアって直訳すると普通の火って意味だよな？

それがどうして超魔法になっちゃうの？

なんで？　なんで？　なんでなの？　全く意味が分からない。

「大賢者様……どうかなされましたか？」

ええと、一旦整理しよう。

Bランク冒険者というのは、凄腕冒険者の中でも更に上位層という意味合いのはずだ。

俺の知ってるラヴィータオンラインでは……具体的に言うのであればレベル50の人外一歩手前と言うか、そういう次元のはずなんだよ。

「冒険者ってのはランク制なんですよね？」

「そのとおりでございます。ギルド員のランクは……S、A、B、C、D、E、F、G、H、I、そして最後にランク外という風になりますね」

「ランク外が一番下で、その次がS、そしてA、B……そんな感じでランクが上がるわけじゃないんですよね？　そうだったら非常に納得なんですが」

「おっしゃる意味が分かりかねますが……。まあ、Sランクが最高で二番目はAランクとなります。一般的にはAランク以上となれば、人外の領域とされますね。それで、Bランクが……ギリギリ人間という生物の範疇で語られる限界でありましょうか」

「再度の確認です。つまり、ジェイコブさんは人外一歩手前という話なのですが、そんなBランクの彼が使える魔法というのは……？」

「第二階梯魔法：ノーマルファイアです。超魔法ですよ」

他の転生者の動向を気にして、目立たない。

俺はこの世界に降り立った瞬間からそう決めていた。

実際に第五階梯とかの試し打ちは活火山でやったし、人目に付くときは第二階梯とか第三階梯とかで……気も遣ってたはずだ。

ミスはない……。

なかったはずなんだ。

けれど、これはどうやら……と、俺は思う。

そして、虚ろな目のジェイコブを見て確信したんだ。


――あ、これ……やっちまったっぽい……と。

ええと……これは本当に不味いな。

冷静になって周囲を見渡してみると、そのことが良く分かる。

騎士団長の尊敬の眼差しは先ほどから分かっていた。

が、良く見るとその他数十人の、その全員が瞳をキラキラさせてこちらを見ているんだよ。

唯一の例外は一人で延々ブツブツ言い続けているジェイコブだけど……と、俺はこれから先の展開に思いをはせてゲンナリとしてしまった。

いや、これって……どう考えても王国だか帝国だか、あるいは冒険者ギルドだかに鳴り物入りで連れていかれて、面倒臭いことに巻き込まれるやつだよな？

そんでもって、こちらに何の情報もないままに、俺という存在がこの世界での権力者たちの目に留まるわけだ。

当然、その過程で俺と同じ地球からの転生者か、あるいはこの世界のまだ見ぬ強者とかに一方的に俺の存在を察知されることになる。

プレイヤーキルが横行しているのも事実だし、下手すれば死亡の憂き目にあいかねない。

っていうか、クソ野郎に俺の存在を知られるのが何より不味い。

とりあえず、今は目立たないことが先決。これは間違いない。

とはいえ、人の口に戸は立てられないわけで……。

仮にこの場でトンズラかましても、ここまで目撃者が大量にいる以上、俺という存在の情報拡散は火を見るより明らかだろう。

と、そこで『しゃあねえな……』と呟いてから、俺は騎士団長に優しく微笑みかけた。

「ええと、ロベルトさんで良いんですよね？」

「はい、なんでしょうか？」

「見たくないですか？」

「見たいとは……何をでしょうか？」

「……第四階梯魔法です。さっきの口ぶりじゃあ見たことがないんでしょう？」

「ハハっ、ご冗談を。第四階梯なんて神話の世界の話ですよ。大賢者様は御冗談がお好きなようですね」

と、騎士団長が一笑に付したところで、俺は懐から短杖を取り出した。

そして杖に心臓から魔術的生命エネルギーを流し込み、周囲から火・土・水・風の四大精霊素と、そして光と闇の二大元素を吸引する。

今回使用する魔法は――闇に属する魔法。

俺は念を込めて闇の元素を杖に束ねていく。

っていうか、本当にこの転生システムは便利だよな。

本来なら魔法の使い方って色んな勉強がいるんだろうけど、レベルに達すれば《使い方》を脳と体が自動的に覚えちゃうんだから。

ジェイコブが魔法のチャージとか演算速度とか言ってたのは、恐らくというか……間違いなくそういうことで、これは俺たち転生者だけの特権だ。

「大賢者様？　私は魔法は門外漢です。が……その杖に集まった尋常ではない魔力量と、そして闇の魔素は分かります。これは……貴方様は何をするおつもりで……？」

俺から発せられる圧倒的なプレッシャーに、騎士団長の全身の肌が粟立っていく。

周囲の者も、その場にへたりこんだり、満面に脂汗を浮かべたり——あるいは嘔吐する者もいるみたいだ。

ジェイコブに至っては、俺の周囲に集まった魔力的エネルギーの総量を直視し、火が付いたように笑っていた。

「はは、ありえません！　こんな魔力の量はありえませーん！　あはは、あはははーっ！」

っていうか、ジェイコブ……涙を流しながら爆笑しててちょっと怖いんだけどさ。

「何をするって？　簡単ですよ。俺はちょっと見られちゃいけないことをしたみたいでしてね」

「見られてはいけない？」

「ええ、俺のことを知っている人間は邪魔なので――消します」

その言葉を聞いて騎士団長の表情が一気に引きつったものになった。

「安心してください。ただの洗脳魔法ですよ」

「洗脳……？　それは一体……？」

怪訝な表情で騎士団長が俺に尋ねた時、その魔法の発動準備が整った。

「対象の大脳にダイレクトアクセス。脳内神経のネットワーク構成を書きかえ、記憶の改竄（かいざん）を行う――第四階梯：幸福の福音（ブレイン・ジャック）」

†

草原に石畳の道がどこまでも延びている。

どこまでも高い空には綿菓子の雲がポツリポツリ。

太陽は中天よりやや西に傾き、小春日和の爽やかな風が吹いていた。

「いやー、危なかった。まさかこの世界の戦闘要員の平均レベルがあそこまで低いとは……でも、ゲーム設定よりも遥かに弱くなってんだが……どういうことだ？」

とりあえず、あの人たちには応急処置として記憶改竄のために洗脳魔法を使用した。

結果、先ほどの一団にとって俺は通りすがりの……そこそこ程度の実力の冒険者ということになったはずだ。

そうしてジェイコブをみんなで援護して、辛くもハイ・オークを倒したということになっている。

まあ、記憶改竄とは言ってもレベル差が絶大な相手かつ、せいぜいが一時間前くらいまでの記憶しか弄(いじ)れないんだけどな。

しかも、上書きした記憶とは別の、本来の記憶を指摘する者が出た場合は効果はなくなっちまうし。

目撃者全員があの場所に揃っているからこそできた芸当なわけで、何度も通じる手でもない。

とりあえず、今後は気を引き締めて、目立たないようにしないとな。

と、それはさておき、とにもかくにも情報が少なすぎる。

そもそも最初から戦闘員のレベルが低いことを知っていれば、記憶改竄なんて手段も使わずに済んだわけだし。

――これから何をするにも、まず必要なのは情報だ。

しかし、一番ビビったのが飛翔魔法ですら第三階梯だから……おいそれとは使えないってことなんだよな。

歩きの旅だと時間かかるから気が進まないんだけど、まあそこは仕方ない。

と、そんなこんなで俺は辺境で一番大きい街に向けて歩を進めたのだった。


ってことで、やってきましたよ冒険者ギルド。

やっぱり情報収集といえば冒険者ってことで、俺は今辺境の街のギルドにやってきているわけだ。

冒険者ギルドに関しての最低限の情報は、ここに来るまでに現役の冒険者に聞いてはあるが……

良し、と俺は一呼吸おいてから、ギルドの入口ドアに手をかける。

「うおぉ……いかにもって感じの建物だな……」

ギルドエントランスの掲示板。

そこには、ところかまわず仕事の依頼の紙が貼られていた。

そうして、冒険者とみられる連中が少しでも割の良い仕事を……という風に、端から端までの依頼を血眼になって吟味しているのだ。

と、そこで俺は周囲から送られる嘲りの視線に気づいた。

そのままの意味で、貧乏人を嘲るような嘲笑混じりの視線。

これは先日、Bランク級冒険者のジェイコブから、たっぷりと悪意と共に受け取ったものでもある。

しかし、黒一色のマントだと本当に舐められるんだな。

まあ、とにもかくにも冒険者登録だ。と、俺はギルドの受付の方に視線を向けた。

受付嬢は二名いて、片方には十名以上並んでいて、もう片方には誰も並んでいない。

「どうして片方だけ空いてるんだろう？」と、そう思いながらも俺は空いている方の受付に進んでいく。

で、俺はエルフの受付嬢に声をかけたわけなんだけど――

「冒険者登録をお願いしたいんですけど」

そう言葉を発すると、エルフ耳がピクンと動いた。

眼鏡に金髪、見た目の年齢は二十代後半くらいかな。

まあ、これでもかというほどのファンタジー的な美的造形ってところだ。

「……」

が、彼女は俺の問いかけには応じず、それどころか視線すらもこちらに向けなかった。

「……聞こえていないんですか？　冒険者登録をお願いしたいんですけど？」

けれどエルフ耳がピクンと動くだけで、彼女は応じない。

　そこで俺は再度大きな声でこう言ったんだ。

「冒険者登録を、お願いしたいんですけれど！」

　すると、露骨に受付嬢は顔をしかめ、「やれやれ」とばかりにようやく口を開いた。

「どこの田舎のオノボリさんかは知りませんが、私（ワタクシ）はエルフでしてよ？　この恵まれた容姿のおかげさまで時給も高いのでございます」

「……ええと……どういうことでしょうか？」

「あらま？　みすぼらしい服装だけじゃなくて、頭まで悪いのかしら？　私（ワタクシ）は、受付嬢として上級だと言っているのですよ？」

「……ええと、つまりどういうことでしょうか？」

「はっきり言わないと分からないみたいでございますね？　要するに、貴方様のようなゴミみたいなステータスしか持たない、生活魔法すらも使えるかどうか分からないようなお方が、上流階級御用達の種族であるエルフの私（ワタクシ）に気軽に話しかけるな、このヴォケ！　と……そういうことでございます」

　それだけ言うと、受付嬢はカウンターテーブル上に置かれているコーヒーポットに手をやり、生活魔法で湯を温め始めた。

　そして優雅な仕草で彼女はカップにコーヒーを注ぎ、顎だけで隣の受付を俺に示してきたんだ。

「ということで、お隣の下級な受付にお並びくださいまし」

「まあ、そういうルールなら従いますが」

そういえばエルフってのは希少種族だったたな。

容姿も恵まれている場合が多いから、働き口は上流階級の身の回りの世話とかで……まあ、受付なんかでハクをつけるために雇ってるってことなのかな。

と、そんな感じで俺は隣の受付に並びなおした。

そして三十分以上待たされた後、ようやくソバカスの獣耳受付嬢と対面することができた。

「あ、えーっと……冒険者の登録を行いたいんですけど……」

「失礼ですが……命は大事になされたほうが良いですよ？」

「と、いうと？」

「真っ黒のマントしか買えないということは、貴方は身分は奴隷か、あるいは奴隷に近い状態ってことですよね？」

「あ……えと……そんなに黒のマントって酷いんですか？」

「黒一色の人間がどういう扱いかというのは街中を見れば分かるでしょう？　ともかく、貴方はまともに教育も訓練も受けていない可能性が高いと判断せざるをえないのです。今まで貴方のような方がたくさん死んでいったのを見ているので……悪いことは言いません。労働者ギルドのほうで清掃の仕事を探した方が良いと思います」

と、そこで俺は懐から銀貨を取り出し、カウンターに差し出した。

「聞いた話によると、登録料は銀貨五枚ですよね？　これを払えば文句はないはずです」

「どうしても冒険者として稼がなくてはいけないのですね……分かりました」

深いため息と共に、受付嬢は悲し気な表情で俺から銀貨を受け取った。

「登録する職業は何でしょうか？」

「ええっと……魔法使いってことでお願いします」

「なら、登録するには水晶玉による測定試験がありますが、大丈夫ですか？　検定料金の意味もありますので、不適格の場合はお金は戻りませんよ？　もう一度聞きますが、命を失う職業で……今ならまだ引き返せます。本当によろしいのですね？」

と、そこで俺の背中に冷や汗が流れた。

――水晶玉による測定試験……だと？

それってつまりは異世界転生のお約束のアレだよな？

とんでもない数値が叩き出されたり、水晶玉が爆発したりして、大騒ぎになって奥からギルドマスターが慌てて出てくる……定番のアレだよな？

そんなの、俺の場合も絶対にそうなるじゃねーか……。

くっそ……。

事前に昼飯をおごることまでして、話を聞かせてもらった現役の冒険者はそんなこと言ってなかったぞ？

「ああ、ええっと……はは、ごめんなさい。やっぱり登録はやめておこっかな」

と、俺が力無く笑うと、受付嬢は大きく頷いた。

「ええ、そうする方が良いでしょう。命はやっぱり大切ですから」

で、ここで騒ぎを起こしても仕方ないとばかりに俺はスゴスゴと引っ込むことに決めたわけだ。

そうして「これからどうすっかなー」と、踵を返して帰ろうとしたところで、出入り口から入ってくる見知った男の顔が見えた。

色白の滑らかな肌に長髪、そして蒼のローブ。

冷たい眼光が印象的な、二十代半ばの男はどこか眠たげな様子——つまりはBランク冒険者のジェイコブだった。

「これはジェイコブ様！」

エルフの受付嬢はすぐさま立ち上がり、こちらに向かってくるジェイコブに向けて駆け出していった。

「ギルドマスター室にお持ちするのは今日は紅茶でしょうか？　それともコーヒーでしょうか？」

「今日は紅茶の気分ですね。それよりも私は掃除が行き届いているかどうかが気になります。自室の汚れは私の品格に関わるのでね」

「ええ、それはもう全てをピカピカに磨き上げておりますわ！」

なるほど、どうやらジェイコブはここのギルドマスターという立場らしいな。

と、そこでジェイコブは俺に気づいたようで大きく目を見開いた。

まあ、こいつは記憶操作で弄ってるから気づかれても問題ない。

こいつの中では俺は「そこそこできる程度の実力」ってことになってるだろうし。

「こちらの男は……何故、当ギルドに？」

と、ジェイコブがエルフの受付嬢に尋ねると、受付嬢は胸を張ってこう返したんだ。

「小汚い――どこの馬の骨とも知れぬ輩が冒険者登録に来たので追い返しているところですの」

「タイムイズマネー。この男との面談は有意義です。ギルドマスター室……私の部屋にこの方をお通ししなさい。もちろん、最高級の紅茶と茶菓子も忘れずにね」

「……え？」

そうしてジェイコブは、ゾっとするような冷たい笑みと共にこう言ったんだ。

「追い返すとは馬鹿なことをしようとしたものです。私としても貴女の評価を下げざるをえないですよ？」

「ど、ど、どういうことでございましょうか!?」

「人を見る目――それは受付嬢として必須の技量です。違いますか？」

「それはそうですが……この男が？」

ジロリとエルフの受付嬢が俺に視線を向けてきて、ジェイコブは大きく頷いた。

「凄腕なのですよ、この男は。ともかく私も出先から戻ったばかりです。失礼の無いように応接の準備をしますので……そうですね、十分後に部屋にお通ししなさい」

「ジェイコブ様をして凄腕と言わしめるなんて……も、も、申し訳ございませんでした！」

と、現金なもので、掌を返したエルフの受付嬢は俺に頭を下げてきた。

しかし……ジェイコブの中で俺は「そこそこの実力者」ってことになってるのは分かるんだが、ちょっとこの反応は大げさすぎないか？

そう思っていると、ジェイコブは俺の肩をポンと叩き、そっとこう耳打ちしてきたんだ。

「第三階梯の行使――テンセイシャ。貴方も……そうなんですよね？」

「……テンセイシャ？」

一瞬だけ何を言っているのか分からずに固まってしまったが、その言葉の意味するところを察し、俺は戦慄に包まれた。

「まあ、お話は後程」

それだけ言うとジェイコブは受付の奥へと消えてしまったのだった。

†

「人ばらいと音声遮断魔法を行使しています。安心して喋って貰って結構ですよ」

ギルドマスター室。

豪華な調度品で彩られた部屋で、テーブルを挟んで対面――ソファーに座るジェイコブはそう切り出した。

「何故、俺の記憶操作が効いてないんです？」

「ああ、そのことですか。カキンアイテムですよ」

そうして、ジェイコブは懐から七色に輝く宝石を取り出した。

「……神秘石：アレキサンドライト」

「ご名答」

間違いないと俺は大きく頷いた。

この男……転生者そのものか、あるいはそれに縁がある。

ちなみにこの神秘石は混乱や睡眠なんかのバッドステータス異常に耐性があるアイテムだ。

「タイムイズマネーという言葉をご存じですか？」

「突然何の話ですか？」

「人の生と書いて人生。人間は生まれながらに平等ではないのです。才能にしろ、身分にしろ、財産にしろね。幼少の私は思ったものです。人にとって平等なのは――死だけだとね」

「……」

さて、状況がサッパリ分からない現状、こちらからベラベラ喋るのも下策だ。

ってことで、こいつはお喋り好きみたいだから、ここは一旦だんまりを決め込もう。

「しかし私も驚きました。平等であるはずの死――老化すらも訪れない人種がいるとはね」

「……」

「このカキンアイテムは貴方と同じテンセイシャから当家が百年前に授かったものです。

ああ、これでも私はかなりの有力貴族の出でね……冒険者稼業にウツツを抜かす放蕩息子ということで放逐されましたが」

「……」

「黙して語らず。それも良いでしょう。百年前に現れた神人——宮廷上層部や聖教会上層部では公然の秘密となっている存在なのですがね。彼らが世界を裏で牛耳るようになり、各地の戦争が次々と停戦したり、あるいは逆に大規模な戦争が起きたり、まあ、色々ありましたが……」

　本当にペラペラと重要そうな情報を喋ってくれる野郎だな。

　と、そこで俺はジェイコブに尋ねてみた。

「神人とは？」

「ラヴィータ皇国宮廷を牛耳る《タイガーズアイ》。聖教会を牛耳る《龍の咆哮》。辺境連合を牛耳る《天翔》。そして、冒険者ギルドを牛耳る《暁の旅団》。それに商業連合を牛耳る《憂国の獅子》。聞き覚えがあるでしょう？　だって、貴方も神人なのだから」

　確かに聞き覚えがある。

　だって、それってラヴィータオンラインで行われてた、ギルド対抗戦に出てくる有名ギルドの名前ばっかだ。

　現地人がこの名前を知ってるわけもないし……。

　ってか、冒険者稼業で情報集めなんてまどろっこしいことをしなくても、いきなり知りたいところの本丸まで辿り着いたみたいだな。

とりあえず、転生者が神を名乗って裏で好き放題やってるってのは確定ってことでいいだろう。

まあ……神のごとき力を手にしたんだから、そうなるのは当たり前っちゃあ当たり前なんだけど。

「ところでね……」

と、そこでジェイコブはコホンと咳ばらいを一つ。

「私は迷っているのですよ」

「迷っている？」

「貴方ほどの魔術師の存在を、それも無名となれば……冒険者ギルド本部やあるいは帝都に報告しないとすれば、それは背任に近い行為になります」

「……何が言いたいんです？」

「まあ、テンセイシャなんですから表に出てこずに無名なのは当たり前なのですが。しかし、そんな貴方が人前に出た……そして今の会話でも神人であることを明かしもしない。隠しているんでしょう？　自分の素性をね」

ニヤリと、ジェイコブは見透かしたように俺の顔を覗き込んで来た。

っていうか、不味ったな。

　俺が黙っているということ自体が、こいつに情報を与えていたらしい。

　ベラベラ喋ってたのも、こっちの反応を見定めていた……と、そういうことか。

「……で？　そちらの目的は何ですか？」

　俺の問いに、大袈裟に肩をすくめてジェイコブはニコリと笑った。

「神人であればコネクションとして友好関係を結ぼうと思っていたんですが、隠しているとなれば……ああ、これは期せずして弱みを握った形ですね。なら……貴方の絶大な力を利用……いえ、骨の髄までしゃぶりつくそうと思います」

「どうやら、アンタはロクデナシってことで良さそうだな」

「はは、口調も変わったところで、お褒めの言葉をありがとうと言っておきますよ」

「しかし、実力差のある俺を相手にえらく上段から切り込んで来たな？　やろうと思えば一瞬で殺れるってことくらい分かってんだろ？」

「それをするなら口封じということで、森林で私は殺されています。違いますか？」

「まあ、そりゃそうだな」

「まさか人殺しができない理由がお人好しであると、そんなバカなことはないとは思いますが、殺害に何らかの制約があるのでしょう？」

　いや、普通に後味悪いのが嫌というか、口封じのために人殺しとかありえないだけなんだけどな。

ってか、こりゃ不味いな。

完全にジェイコブのペースに乗せられちまってる感じだが……。

まあ、ここは相手の出方を見る以外に選択肢はないだろう。

「しかし、いざとなれば貴方も私を殺すことを厭わないでしょう。私としてもそれは困ります。そこで提案があるのですが……決闘しませんか？」

「話が読めないんだがな」

と、そこでジェイコブは懐から一枚の紙を取り出して、羽ペンで何やら一気に書き上げ始めた。

「血印の入った契約書は絶対です。それは貴方たちにも適用される——そうですよね？」

「ああ……多分な」

ゲーム内では冒険者の依頼なんかや大きな商取引では、血のインクでのサインを求められるんだよな。

他にも借金の時にもそれは適用されて、これによって借金を踏み倒したりなんかの無茶はできないという設定になっていたはずだ。

何でも、契約を破れば魂が爆発して強制ゲームオーバーになるんだとか。

まあ、ゲーム内ではそんなことが起きる行動をとること自体ができないんだけど……借金の期日が過ぎても利息でペナルティがつくだけだし。

でも、この世界では本当に約束を破ったら命を取られるんだろうとは思う。

「ところで貴方……名前は？」

「忍だ。飯島忍」

「それと職業は？」

「召喚師だ」

「良し、これで完成です」

と、文言を書き終えたジェイコブは俺に羊皮紙を手渡してきた。

「決闘を受ける受けないは貴方次第です。ただ、受けないのであれば私は貴方という存在を全世界に対して、私の知りうる——ありとあらゆるルートで知らせますがね」

で、契約書に書かれた内容とは——

1　召喚師シノブ＝イイジマは魔法使いジェイコブ＝ハイゼンとの決闘で敗北した際には今後の一生を彼の奴隷として生きる
2　決闘場所はジェイコブ＝ハイゼンの指定する場所とする
3　なお、ジェイコブ＝ハイゼンが決闘で勝利した場合、ジェイコブ＝ハイゼンは彼の秘密を一生口外できないものとする

「で、俺がこれを受けないと、俺の存在が世界に晒されちまうと？」

「ご名答」

他の転生者も相当キナ臭いが、一番の問題はクソ野郎だ。

この百年でアイツがどうなっているかは分からないが、執念深い野郎だ、恵がログインした場合、奴は瞬間でその身柄の確保に走るだろう。

で、俺が邪魔してくるのは奴も承知しているだろうし……俺の存在が知られれば迷いなく殺しに来るのは間違いない。

「まあ、今回は是も非もないな」

ジェイコブはそこで感嘆したように口笛を鳴らした。

「物分かりが良くて助かります」

「ところで……俺に勝てるつもりなのか？」

「ええ」と、頷きジェイコブは自信に満ちた表情でこう言ったんだ。

「決闘場所が私の指定する場所というところがミソでしてね」

「……どういうことだ？」

「お忘れですか？　私はカキンアイテムを持っているのです」

そして懐からジェイコブが何かを取り出した瞬間、目の前の空間が陽炎のように歪み始めた。

そして気が付けば、俺は見渡す限り白一色の部屋に飛ばされていた。

半径数百メートル……いや、数キロレベルのだだっぴろい空間だ。

チュートリアル終了後に転送された空間に似ているっていうか、空間が陽炎のように歪むのも転移の時の現象だった。

つまりはこれも、システムによる世界への介入の一環ってことか？

「課金アイテムは伊達じゃないってことだな」

「ええ、まさに神の御業ですよ。そして――神に対抗するにはこちらも神の力を使うしかないのでね」

ジェイコブは胸を張ってニヤリと口元を吊り上げる。

「確かに貴方は第三階梯の炎熱系超魔法……。そして正体不明の洗脳魔法を扱いました。悔しながら普通に戦っては、私でも勝利を収めることは不可能でしょう」

と、そこで俺は気になったのでジェイコブに聞いてみる。

「ところで、あの時の騎士団の連中はどうなったんだ？　騎士団長には良くしてもらったからな」

話をしてみると気さくな人だったしな。食事もご馳走になったし、旅の食料も持たしてくれたし、良い人だった。

それで、ジェイコブは俺の問いかけに、ああ、と長髪を右手でつまみながらつまらなげにこう応じてきたんだ。

「殺しましたよ？　全員ね」

「殺し……た？」

「ええ。確かに彼等は全員記憶を失っていましたが、それでも貴方という存在を目撃した者たちを……私が許すわけが無いでしょう？」

「おいおい、何言ってやがんだよお前……？」

「第三階梯魔法の使い手がこの地域で発生してしまうと、相対的に私の価値が落ちます、それはもう著しくね。そして私は常にトップで無ければならない。そのために邪魔な存在はこの世界に必要が無い。違いますか？」

すげえな……。

何言ってんのかサッパリ分かんねえ。

転生前に義理の父というか、あのクソ野郎と話をした時のことを思い出して、頭が痛くなってくる。

「いや、だからなんであいつらが排除されなくちゃいけないんだよ」

「何かの拍子に記憶が戻ればどうするのです？」

「……いや、だからって、殺すのか？　罪もない人間を虫けらのように？」

うんと頷きジェイコブは笑った。

「お互い人間よりも遥か高みにいるわけです。今更……人間は平等だとか、命は大事にしようとか、そういうことをおっしゃるつもりで？」

と、いうことで……と、パンとジェイコブは掌を叩いた。

「それでは、始めましょう。まあ、これから始まるのは決闘ではなく一方的な蹂躙劇なのですが」

パチンと指を鳴らし、楽し気にジェイコブは笑った。

「さあ、恐れおののきなさい！　これから貴方が見るのは、この空間に限って私に与えられた――絶対祝福なのですからっ！」

「絶対祝福……だと？」

「そうです。おとぎ話のその先、神話上の生物のその頂点に君臨する、正に神々に等しい存在を――この空間であれば私は使役できるんですよっ！」

と、そこで俺はゴクリと息を呑んだ。

確か召喚師の職業クエストに似たようなイベントアイテムがあったよな。

ゲーム中盤あたりで終盤の強敵を顔見せして、負けイベントをひっくり返すために最上位の召喚獣の力を借りるって感じで――

――これはかなり不味そうな気がしてきたぞ！

「ふふ、さすがの神人でも驚きますか？　まあ、なにせ私が使役するのは神話生物の最上位存在ですからね」

ゾクリと、俺の背中に嫌な汗が流れた。

神話生物の頂点の召喚――召喚師である俺だからこそ、その意味が良く分かるんだ。

その証拠に冷や汗だけじゃなくて、全身の肌までが粟立ってきやがった。

で、明らかに狼狽しているだろう俺の表情を見て、ジェイコブは勝ち誇ったかのように笑った。

「さあ、これで終幕です。今後は私の奴隷として生きなさい！　第三階梯召喚：火のサラマンダー、第三階梯召喚：水のウンディーネ、第三階梯召喚：土のノーム、第三階梯召喚：風のシルフィーっ！」

言葉と同時に――。

赤、水、黄、そして緑の発光と共に、四体の召喚獣が姿を現した。

その姿は、概ねゲームや漫画で描かれるそれと同じで、大きさは五十センチ～二メートル程度のものだ。

と、そこで俺はゴクリと息を呑んだ。

召喚師の俺には、ジェイコブが何故に初手として低級の四大精霊を召喚したのか、その理由がわかる。

相手は……本職の召喚師じゃないんだ。

だからこそ、生贄（サクリファイス）の儀式の前提として、まずは低級を呼び出したのだろう。

次は第四階梯の召喚、そしてそれを材料に更にサクリファイスを行う。

そうして現れるのは第五階梯――いや、それ以上。

ジェイコブのさっきの言葉通り、神話級の最上位の魔物を呼び出す算段なんだろう。

で、最悪なことに召喚師職業クエストのイベントアイテムでは……ゲーム未実装の神魔・ルシファーを召喚していたはずだ。

――アレが来るなら俺の手持ちを総動員しても勝てない。

が、こちらにはアドバンテージがある。

なんせ、こっちは召喚師としては本職だからな。

――レベル50職業スキル：万魔の王。

この関係で、俺はサクリファイスの手続きを取らずとも、いきなり高位召喚を行うことが可能だ。

　そして……相手の手の内が見えている以上、サクリファイスの暇を与えるほど俺は馬鹿じゃない。

　そうしてジェイコブの次の一手にすぐさま対応できるよう、俺は体内の魔力を高速で練成させていく。

　サクリファイスの兆候が出た瞬間に、こっちは全力ぶっぱなし――そこで仕留めきれなきゃ、こっちの負けだ。

「ふふ、さすがの貴方も表情から余裕が抜けましたね？」

「最上位存在を召喚されるとならば、こっちも楽勝モードではいられねえわな」

「そりゃあそうでしょう。何しろここにいるのは魔力の四大精霊素――精霊神です。神話の世界に君臨する、その規格外の魔物が、ここに存在しているのですからね？」

「……精霊神？」

　ちょっと話が噛み合ってない気もするけど、俺は警戒態勢を崩さない。

　だって、今ジェイコブが召喚したのは……四大精霊だ。

　これ単体では一山幾らのありふれた召喚獣にすぎない。

　けれど、上位の召喚獣の召喚をする場合、餌としてこれほど適切な存在もないんだからな。

さあ、いつだ？

こっちの準備は終わっているぞ……サクリファイスの術式の兆候が見られた瞬間、出鼻を挫いてルシファーの召喚を阻止しなければ……。

「あら？　何かをするつもりのようですね？　しかし、この空間であれば私は無敵です。なにしろこれほど最高位超霊的存在――つまりは神をすら、この空間であれば操ることができるのですからね」

「……？」

「ふふ、絶望を貴方の顔に刻んであげましょうか？　この空間では私の呼び出した超高位存在は更なる力を手にするのです。つまりはこの四大精霊神は第三階梯ではなく――第四階梯に到達します！　ふふ、はは、ははは――――っ！　超えました！　この空間だけですが――私は神人を超えました！」

まさか……とは思う。

いや、違う。これもジェイコブの作戦というセンもある。

いや、でも……それにしても――

――やりこんだプレイヤー相手に第三階梯とか第四階梯でドヤ顔するか？

ともかく、こいつが課金アイテムを持ってるのは事実だし、油断すれば命が吹っ飛ぶんだ。

方針は変えず、全力全開のぶっ放し。

チュートリアルじゃないんだし、油断して負けましたってんじゃ洒落にならん。

と、そこで「良いことを思いついた」という風にジェイコブは掌を叩いた。

「そういえば貴方も召喚師でしたっけ？　良いでしょう、好きなだけ呼べる魔物を呼びなさいな。今後、貴方が私の奴隷になるにしても、悔いはないほうが良いでしょうしね」

っていうか、いつまで経ってもサクリファイスの気配がない。

まあ、アレコレ考えてても無駄だよな。

と、そこで俺は懐から短杖を取り出し、杖を頭上に掲げたんだ。

「そっちが課金アイテム使ってる以上――出し惜しみはなしだっ！　こっちも本気でいかしてもらうっ！」

そして――。

俺を中心として、魔力の旋風が巻き起こった。

周囲に放電現象が起き、空間が歪んでいくのが目視で分かる。

続けて訪れるのは、圧倒的な光の奔流。

光は瞬時に一面を銀色に染め、目も開けていられないような状況の中、「ゴゴゴ」と肺の芯まで震わせる重低音がそこかしこで鳴り響く。

「第五階梯召喚：炎龍神皇（バハムート）っ！」

光が収まり、気が付けば白の空間に赤色の龍帝が佇んでいた。

「ヴォオオオオオオオオオオオオオオオオオーーーーーーーーーーーーー！」


そして轟（とどろ）く――この世の終わりとも思えるような炎龍神皇の雄叫び。

その体高五十メートル、翼を広げれば幅は数百メートルは雄に超えるだろうか。

伝承によればそのブレスは一瞬で湖を干上がらせ、小国を一夜にして焦土にしたともされる。

それを目の当たりにしたジェイコブの率いる四大精霊は、怯えた子羊のように足元をプルプルとさせ、涙目を作った。

そうして懇願するように「撤退」の二文字を瞳に浮かべ、ジェイコブの指示を仰ぐべく視線を集める。

「ハハっ……なんですかそれは？　ハハっ……ハハっ……だ……だ……第五階梯？　ハハ

っ……ねえ、なんですかそれは？　さっ、さっ……最高位……？　そ、そんなもの、か……神人とはいえ……にっ……人間がっ……ハハっ……ハハハハハっ！」

乾いた笑いと共に何やら独り言を続けるジェイコブを横目に、俺はなおも魔力を練り続ける。

「第五階梯召喚：海皇リヴァイアサンっ！」

今度は体長百メートルを超える海蛇が出現する。

「第五階梯召喚：雷帝インドラっ！」

ジェイコブはその場で放心状態となってるけど、もうここまで来たら止められない。

万が一の逆転の課金アイテムでも出されたら……どうしようもないからな。

「第五階梯召喚：地母神ガイアっ！」

さあ、これで最後だっ！

昼の学食のパン代をチマチマ貯めて、大枚はたいて課金した――

「第六階梯召喚：降臨――熾天使(セラフ)ガブリエルっ！」

光り輝く大翼。

メイド服を身にまとい、彫りの深い顔立ちを彩るは深紅の瞳。

後ろで一つにまとめた絹のような銀髪が印象的な——豊満な胸を持つ女だった。

身長は百六十センチ前後、年の頃なら二十代も半ばといったところか。

まあ、実物になるとこういう感じなんだと、イメージどおりの別嬪さんだった。

——第六階梯。

アップデート前には課金でのみ達成できた、神の領域を超えたと言われる究極の魔法だ。

ちなみに、俺は他に五体ほど第六階梯の召喚獣持ってるんだけど……毎日昼飯抜きは本当に苦労した。

まあ、第六階梯は熾天使とか、もはや神話の神様に近い存在しかいないので、それを相手に召喚【獣】ってのも変な話なんだけどな。

で、それを見てジェイコブは奇声をあげてその場で叫んだ。


「フォーーーーーーーーーーーーーーーーーーー!?!?!?!?」


まあ、結論として。

どうやらこいつは転生者のことを知ってるようで、あんまり知ってなかったみたいだ。

奴の呼び出した四大精霊も、リヴァイアサン辺りで使役者無視してどっかに帰還したし。

「ジェイコブは脅威では無さそうだな」

と、そこでガブリエルはすっと掌を上にやった。

それで——ただそれだけで、俺の周囲に付き従う彼女以外の召喚獣が、彼女に一斉に頭を垂れた。

この辺りは召喚獣の序列ってやつで、なんせガブリエルって熾天使（セラフ）だからな。

キリスト教の霊格としては唯一神に次ぐ階位に属してて、堕天し魔王となる前のルシファーとも、大天使として同一階級だった正真正銘の超霊的存在だ。

で、そんな彼女は俺に向け、冷たい声色でこう言った。

「シノブ様……リヴァイアサンをお借りします」

「え？」

ガブリエルはパチンと指を鳴らした。

すると、体長百メートルを超えるウミヘビであるところのリヴァイアサンが寝返りを打った。

そして……ジェイコブがさっきまでいた空間に、「うぎゃあああ！」という断末魔の声と共に、プチンと嫌な音が鳴った。

と、そこで俺は恐る恐るという風にガブリエルに尋ねてみた。

「……ひょっとしなくても……殺っちゃったよな？」

うんと頷き、ガブリエルは顔色一つ変えずにこう言った。

「はい」

「ええと……理由は？」

「あの者はシノブ様に敵対しました。それ以外に理由はありません」

しばしの、沈黙。

いくばくかの、逡巡。

そして俺は首を左右に振り、何とも言えない表情で口を開いた。

「ああ、そういう設定か。なら……最初に止めなかった俺が悪かったな」

そうなんだよな。

設定上、ガブリエルってすぐに殺っちゃう系の危ないキャラなんだよ。

鉄仮面の異名もあって、何をするにしても無表情でエゲつないことをバシバシやるタイプだ。

主人を絶対神と認定して、主人に敵対したものには一切の容赦なく、機械のような殺戮マシーンになっちゃうと……。

「何か不都合でも？」

「いや、やっちゃったもんは仕方ねーんだが……」

ジェイコブについては、ほとんどサイコパスみたいな奴だったからな。生きてても他人に迷惑しかかけないだろうし……と、俺は何とも言えない気持ちになる。

しかし……、俺は一応ガブリエルに釘を刺しておいた。

「うーん……なあ、ガブリエル？」

「なんでございましょうかシノブ様？」

「あのさ、簡単に人を殺したらダメだぞ？」

と、そこでガブリエルはしばし考え、やはり顔色一つ変えずにこう言ったんだ。

「なるほど。確かにそうでございます」

おお、これは良かった。

なんせ第六階梯の中でもエース級だからな。

これから先も彼女を起用するのは確定している。

だけど悪党でも問答無用で殺していいってわけでもないし、殺しについてガブリエルと認識を共有できそうならありがたい限りだ。

「ああ、分かってくれたならそれで良いんだ」

「つまりは、簡単に殺すなということですね？」

「……はい？」

「敵は異教徒。それはかつての魔女狩りのように……力を以て全てを蹂躙し、そして弾圧、圧殺せよとそういうことですね？」

え？　何この人……めっちゃ怖いこと言ってんだけど。

　っていうか、さっきから能面みたいに無表情で、それも怖い。

「ええとなガブリエル。殺しはダメだ。拷問もダメだ。どうしてもその必要があれば事前に俺に伺いを立てろ……まあ、まず許可は出さないが」

　そう告げると「分かりました」と一言応じた。

「確認ですがシノブ様。要は現代日本の基準での道徳観で動け——そういう命令でよろしいのですね？」

「……それはそうなんだが、えらく素直だな」

「素直？」

「思考回路がぶっ飛んでそうな感じだったから、説得に時間がかかりそうだと思ったんだが……」

「全てはシノブ様の意図を汲み、命ずるままに。それが私の何よりも優先すべき存在理由です」

「存在理由って大袈裟なんだよ。じゃあ、俺が死ねと言ったらお前は死ぬのか？」

　と、そこでガブリエルは、やはり顔色一つ変えずに手刀を作って、自らの胸に突き入れたんだ。

「はい、このとおり喜んで。あいにくと体が丈夫にできておりまして、完全に活動停止するまでにはしばらくの時間を頂くことになりますが」

無表情を貫き通したまま、ガブリエルは胸の中から取り出した心臓を俺の眼前に差し出した。

おい……マジかよ。

何なんだよこいつは……と、俺は絶句する。

いや、これが召喚獣の忠誠度マックス……その意味か。

「死ななくて良いから。自分に回復魔法かけろ。今すぐにだ」

「御意のままに」

第五階梯の完全回復魔法を自身に施し、見る間に傷が治っていく。

しかし、本当に色々と驚くことばかりだな。

「まあ、今回は口を滑らせた俺が悪かった。痛い目にあわせてすまなかったなガブリエル」

「全てはシノブ様の御心のままです。このガブリエルを……どうぞ昼夜問わずにお使いください。戦闘から炊事洗濯、夜のお世話まで何一つ拒むことはありません」

顔色一つ変えずにそう言うガブリエルに、俺は思わずこう尋ねてみた。

「夜のお世話？」

「ええ、そのとおりでございます。忠誠度が80を超えると、女の召喚獣は身も心も召喚師様のモノとなりますので」

おいおい……こんな美人な女の人を好きに出来ちゃうってことなのか？

と、俺は更に尋ねてみた。

「っていうことは、あんなこともそんなことも？」

そうしてガブリエルは「お望みとあれば」と小さく頷き、その直後に「あっ」と小さく声をあげた。

「これは想定外です」

「どうしたんだガブリエル？」

「シノブ様は十七歳……そしてこのラヴィータオンラインのバージョンは十八歳以上の無制限版ではないのです」

ああ、そういえばこれってエロゲのバージョンもあったんだっけ。

「R15設定ではありますので、上半身だけなら脱げます。どういたしましょうか？」

「いや……一応聞いてみただけだし、それは良いよ」

「御意のままに」

俺はちょっぴりドキドキしながら、豊満過ぎるガブリエルの胸から目を逸らした。

いや、個人的にはやっぱり、忠誠度が高いからとかいう理由なのはやっぱ嫌だし。

そういえばメニューウインドウにはR15からR18への切り替えもあったっけ……。

まあ、十八歳にならないと設定をいじれない感じではあったけど。

いかんな、誕生日を迎えて設定をいじるだけで、いつでもガブリエルを好きに出来るかもと思うと変に意識をしてしまう。

とはいっても、そんなことはするつもりもないけれど。

「それはともかく、シノブ様はこれからどうするおつもりなのでしょうか？　妹君を助けるというのが当面の目的なのでしょう？」

「ああ、そのことなんだが戦力的な意味での手駒が足りないんだよな」

「手駒……？　我々では足りないと？」

「俺はラヴィータオンライン上の召喚師だ。第六階梯級の戦力は同時召喚にはかなりの制限があるし、ラヴィータオンラインでレベル99のカンスト組……そいつらのパーティー複数名に絡まれると余裕で死ねる。お前たちだけでは俺の剣の役目も、盾の役目も果たしきれないのは間違いないよな？」

その問いかけに、ガブリエルは苦虫を噛み潰したような表情を作った。

「真に不甲斐なきことですが、レベル99パーティーとの対戦想定であれば……そうなるでしょう」

「で、カンスト連中は恐らく組んでるんだ。それはさっきのジェイコブの話と、道すがら集めた各国情勢からも確定的に明らかだからな」

「ええ。転生者が圧倒的な戦力を有しているのに、この百年大規模な戦争が起きておらず統治機構はそのままということですね」

「最初の混乱期にドンパチはあったみたいだが、それ以降は均衡を保っている。つまり、転生者は元々のギルド勢力に分かれて、それぞれが陰で権力を握っている。でも、それ以上にはそれぞれの勢力の拡大は図っていないんだ」

「……つまり？」

「プレイヤーキルが起きてたのは初期にイザコザがあったってことなんだろう。ここから分かるのは血の気の多い奴もけっこういるってことだ。けど……今は互いが牽制状態で均衡が保たれてる。そして多分だけど、連中は待ってるんだ」

「大規模アップデートと、それに伴うレベルキャップの撤廃……ですか？」

「それぞれの転生者が牛耳っている勢力は、ゲーム内で有名な経験値の狩場に手を出しやすい権力を握っている組織だ。そこについては間違いないと考えて良いだろう。つまり……アップデート後に経験値を一気に集めたいんだろうな」

「……なるほど」

「ともかく、アップデートを期に均衡が崩れて勢力図が塗り替わる大波乱が起きる可能性は高い。皮肉なことに俺の妹がログインしてくると同時ってことで、タイムリミットは十ヶ月だ」

「それで……どうなさるおつもりなのですか？」

「まずは身を隠すのは決定だ。各勢力が様子見を決め込んでいるところに、ノコノコと俺が出ていったらどうなると思う？」

「勢力への取り込みか、あるいは排除ですね」

「その通り。敵対の意思を示せばよってたかってボコボコにされるだろうし、取り込まれれば好きに動けなくなる。そうなれば大規模アップデート後の各種特典が俺にだけ適用されているっていう……俺の唯一にして絶対のアドバンテージも消えちまう」

それに万が一にもクソ野郎にみつかれば、どうなるか分かったもんじゃねえ。

こちらの戦力的な底上げもそうだし、今、アレが何をしているのかを知る必要もある。

対抗手段をもたないままに俺の存在を捕捉されても、すぐさま殺される……だけで済めばまだマシなことになりかねない。

「理想都市への十三階段……ですか？」

「そのとおりだ。今の俺ならレベルも１３０まで上げられるし、今は自分の強化を最優先にすべきだろう」

「と、なれば手駒を手に入れるという話も難しいですね。転生者同士で話をすることもできないのでしょう？」

「だから、現地の人間を引き入れる」

そこでガブリエルは怪訝そうに眉をひそめた。

「……現地の人間？　シノブ様を通じて知った断片的な情報からの推測にすぎませんが……この世界の住人は脆すぎます。物理的にこれ以上の戦力の補充は叶わぬかと」

いいや、と俺はそこで首を左右に振った。

「弟子にすれば良い。俺が育てるよ」

はてな、とガブリエルは小首を傾げた。

「弟子……ですか？　弱き者を育てても……それは強者には育ちませんよ？」

「この世界の住民が弱いのには、理由があるんだ」

「……理由？」

「成長関係に致命的な欠点があるようでな。恐らくは転生者たちが自身の絶対優位を築くために色々と手をまわしたんだろうが……。まあ、そこは何とかなる。それに理想都市への十三階段の件もあるし……ＮＰＣ同行制度は知ってるだろ？」

「ＮＰＣ同行……？」

と、そこでガブリエルは「あっ！」と目を大きく見開いた。

「イベントなんかでＮＰＣとパーティーを組むことはできる。あの応用でイケるはずだ」

「ダンジョン攻略の際、戦闘時の同時展開人数は六人が限界……つまり……？」

「現地人五人となら、手を組めるってことだな」

「なるほど」

「ともかく、条件に合う特殊な人間を探して対処すれば、この世界の人間でも俺たちの領域にまで届く可能性は十分ある」

「時に、特殊な条件とは？」

「地域によって違うみたいなんだが、ターゲットは十二歳から十五歳。なおかつ魔法職なのにまともに魔法が使えない子……この世界で落ちこぼれとされるような子であれば、俺の推測が正しければ優秀な弟子となることができるはずだ」

「なるほど。御意のままに」

そうして、俺たちはこの世界で弟子を探すことになったのだった。


と、まあそんなこんなで――。

ギルドの受付嬢には悪いが、洗脳魔法で記憶を少し弄らせてもらった。

これでジェイコブは公式の記録上は、ギルドの依頼から帰らぬ人のままということになるだろう。

しかし、あいつが騎士団のみんなを皆殺しにしたのはかなり誤算だよな。

皆殺しっていう事実自体がアレだし、直接的にも俺にも火の粉がかかる可能性もある。

なんせ、あの人数を皆殺しだ。

もちろん、大騒ぎになるのは当たり前で、あの場には俺も居合わせたわけだ。

ってことで、転生者対策にガブリエルは護衛として連れていくことにした。

常時でMP吸われるからあんまり使いたくないんだけど、まあここは仕方ない。

と、それはさておき。

俺は今、奴隷市場を歩き回っている。

「しかし、酷い場所だな」

スラム街の泥棒市と呼ばれる露店街の、その更に奥の立地。

奴隷市場には至る所に鉄格子の檻があって、その中には手足に鉄球の重しをつけた人間が囚われている。

で、更に胸糞悪いのが……女の奴隷は小奇麗にしてて、濃い化粧と香水の香りすらする人間がいるんだよ。

「つまりは性奴隷ってことなんだろうけど……」

何というか、人間のダメなところを煮詰めたような光景に頭がクラクラしそうになってきた。

と、そこでガブリエルが俺に向けて淡々とした口調で言葉をかけてきた。

あ、ちなみに天使の翼は隠せるので、今の見た目はただの猛烈に美人で胸が豊満な金髪メイドさんだ。

「ところでガブリエル、俺たちは現地人の協力者というか……弟子を探しに来ているわけだ」

「ええ、そういう話でございますね」

「弟子として適合する条件なんかは詳しくは教えてないんだが……お前ならどう選ぶ？」

「……直観しかありませんね。何故にそのようなことをお尋ねになられるのです？」

「いや、だってお前って有名な神様だろ？」

まあ、下手な日本の神様なんかよりは全然有名なのは間違いない。

「世界一般的には熾天使を神と定義はできないですが、八百万（やおよろず）の神の理屈で行くと、神格として上位であろうとは思います」

「弟子を探すにあたって、当然俺には確信に基づいた指針がある」

「……ふむ？」

「けど、ガブリエルなら……人間の俺とは違う視点とか、あるいは直感だけで俺の考えた正解に辿り着くような、そんな超常的な能力もあるのかもしれないって思ってな」

「……なるほど」

「ってことで、ちょっと選んでみるか？」

「――直観。つまりは独断と偏見と私の趣味になりますが、よろしいので？」

「ああ、構わない。お前の直観で好きに選ぶってことが重要なんだからな」

だって、ここで何も知らせずにガブリエルが直感だけで正解を導いたら、それってマジで凄いことだもんな。

もしもそうなった場合、今後の指針を考える時に、ガブリエルの直観は参考意見として重要な意味を持ってくるってことだし。

神様って言えば何でもできるイメージもあるし……ってことで、物は試しとばかりに何も知らせずに好きにさせてみることにした。

「御意のままに」

ガブリエルは、周囲の奴隷の檻を見渡し始める。

そして、彼女の眉がピクリと動き、一つの檻を指し示したんだ。

「シノブ様、あの七歳ぐらいの男の子は良いのではありませんか？」

「ん？　あの子か？」

見た目的には中々の美少年だな。

小奇麗にしてるし、男娼用ってことなんだろうけど……。

「不肖、このガブリエル……あの少年の眼光に魔術の才能を感じました」

「いや、俺が探してるのは十二歳から十五歳くらいの子供なんだけどな」

「――直観です。私は感じたのです。あの少年から、溢れる魔力の奔流を」

な、何か……凄い自信と、推しだな。

ガブリエルがそこまで言うならと、鑑定眼を行使してみる。

「いや、やっぱダメだ。あの子じゃ適合しない」

「それではあの子は？　あの九歳くらいの男の子なんて……良さそうだと思いますが」

「その理由は？」

「——直観でございます」

「いや、でも……俺の探している感じでは無いんだよな……まあ、見てみるけど……うん、やっぱダメだ」

「それではあちらの五歳くらいの……」

で、鑑定眼を使ったけど、やっぱりハズレだ。

「っていうか、可愛い男の子ばっかり選んでるよな」

「ご命令のとおりに直観のままに選びましたもので。他意はありません」

ってことで、ガブリエルの直観は使えないということが分かったので、当初の予定通りにいこうか。

「……なあガブリエル？　あの子なんて良いと思うんだ。ああ、一応聞いておくけど——お前の直観的にはどうだ？」

「あの子……？」

俺とガブリエルの視線の先には、垢と汚物に包まれ、感染症と石化と魔術による毒で今にも死にそうになっている、茶髪の獣耳の少女奴隷がいたんだけど——。

と、そんなやり取りを経て、俺たちは茶髪の女の子——アリス＝セシル、そんな名前が書かれた檻へと向かったのだった。

サイド：アリス＝セシル

私の名前はアリス＝セシル。十五歳。

身長百五十五センチ、体重は秘密。悩みは小ぶり過ぎる胸と日焼けに弱い白すぎる肌だ。

髪色は腰まで伸ばした深いブラウニーで、瞳の色も茶色。

自慢は立派な猫耳で、みんなは少し大きすぎるというけど、大きい方が可愛く見えるし私は気に入っている。

で、そんな私はスカサハの大森林、そこに暮らす猫耳族の娘として産まれた。

大森林に点在する百を超える集落、総数一万を超える同胞たち——その守り人の家系として生まれ育ったんだ。

平たく言えば、田舎の辺境で戦闘魔術師の家系に生まれたと、まあそういうことだ。

ちなみに私の父は第二階梯中級の風系魔法を使いこなし、そして母は第二階梯下位の回復魔法を扱うことができる。

当然のことながら、それだけの腕を持つ二人は防衛と警察機能を司る機関で最要職を務めていた。

そんな二人の間に産まれた私は集落の中では、期待のエリート的な立場にあった。

なので、代々のならわしの通りに十四歳の時に帝国魔術学院へと単身で留学を行うことになったんだよね。

で……。

私の部族は森で昔ながらの生活をしているんだ。

だから、リリック帝国内では「原住民」なんて、そんな陰口を叩かれる事もあった。

まあ、田舎であることは認めるけどね。実際にそうだし。

でも、都会よりもほのぼのとした田舎のほうが私は好きだったし、逆に誉め言葉みたいに受け取っていた側面もある。

と、まあ、そんな感じで私は留学先で、森の民に関する偏見の視線を受けながらも……友人たちに囲まれてそれなりの学校ライフを送っていた。

で、事件が起きたのは十五歳の誕生日を迎えて少しした頃のことだ。

それは、魔導師の通例なんだけど――。

精神が熟しきることも無く、かといって未熟過ぎることも無い十二歳から十五歳という時期に、私たちは精霊との契約が行われることになっている。

地域によって違うんだけど、この辺りの魔法学校では入校時期が十四歳なんだ。

一年間で一通りの座学と、そして精霊を受け入れるための器を作るというカリキュラムとなっているわけだね。

生活魔法程度なら精霊の加護が無くても使用することは可能だけど、第一階梯以上の一人前の魔法を使おうと思えば、これはもう人間一人の力では不可能であり、そこには四大精霊の助けが不可欠となっている。

そこで登場するのが、第三階梯の召喚獣であるともされる――

――四大精霊神であるサラマンダー、ウンディーネ、ノーム、そしてシルフィー。

人類の魔法の使用限界が第三階梯とされているのにも、ここに原因がある。

そりゃあそうだろう。

神様から力を借りて魔法を行使しているのに、神様の力以上の魔法を行使することなんて……そんなのできっこない。

まあ、理論上は人間も第三階梯を扱うことはできるみたいなんだけど、現状それは奇蹟の御業とされて、儀式魔法でどうにかこうにか……って感じみたいだね。

と、話が逸れちゃったので、契約の儀式に戻そう。

魔術学院では学長や、あるいは教職員による儀式魔法で第二階梯魔法を行使し、精霊界への交信を行う。そして、初年度生に精霊の加護を与えてくださいとお願いすることになるんだ。

で、この契約の儀式で、全ての精霊と契約を結べないというのはある種の珍事とされる。魔術師志望者はおろか、一般人を含めても一回一回……一種一種の神との契約の成約率は九割を優に超えるのだ。

なので、魔法使いであれば全種類との契約は半ば必須とされるものでもある。

極まれに二～三種となる不運な人も存在するとは風の噂で聞いたことがあったけど……そのレベルでも魔法使いとしてはかなり不味くて、私も「……可哀想に」と他人事のように言ったこともある。

とはいえ、歴史を遡ってみると、四大精霊のうち三種としか契約できなかったにもかかわらず、名を遺した者もいるのだ。

それはもう、通常の人間よりも遥かに努力と労力をささげたのだろう。

けれど……逆に言えば、二種か三種と契約できれば、まだ魔法使いとしてギリギリ生き残っていくことはできるということでもある。

でも、四種の全てと契約できないのであれば、そもそもまともな魔法が使えないのだから魔術師としては生きていけないのは確定事項だ。


——そして、契約の日、珍事は私の身に降りかかった。


サラマンダーも、ウンディーネも、ノームも、シルフィーも、その誰もが私に力を貸してはくれなかったんだ。

そうして『無能』の烙印を押された私の学院内での地位は非常に不味いものとなる。

陰口やイジメには……まあ、そこは耐えることができた。

でも、それらは徐々にエスカレートし、最終的には私の出身地までをも巻き込んで、『ドミエの里に帰って原住民共と群れてろよ』と、そういう言葉を、最早、陰口ですらなく、正面から投げつけられるようになったんだ。

私のことを言われるのはまだ良い。

けれど、出身地の、故郷のみんなをひとまとめにして原住民……と、それはいくらなんでも酷過ぎる。

——その時、私は初めて怒りに任せて人を殴った。


そして、ますます私は学院内で浮いて、酷いイジメが始まった。

学院としても私を守るどころか、やはり腫物扱いとなっていて……そんなある日——。

夏の長期休暇を前にして、私は学院長室に呼び出された。

それで、特別休暇を言い渡されたんだよね。

要は……一度、故郷に戻り一部始終を親族に報告し、そして学院の退学届を自発的に書いて持って来いと、そういう話だった。

そもそも、私の学費や留学費用は集落の人々が、額に汗して稼いだ血税で成り立っている。

留学出発のあの日、あの時、私の集落はお祭り騒ぎで、総出で私を送り出してくれた。

父と母を超える——そんな森の守り人となるべく、みんなが私に期待の眼差しで、部族の誇りとして送り出してくれたんだ。


——けれど、私は魔法を使えない。

それを聞いて、彼らはどう思うだろうか。

父、母、幼馴染たち、そして近所の優しいおじさんおばさん。

集落のみんながみんな、一つの家族みたいに大きく、そして固くつながっていて。

あの人たちなら少しだけ残念そうな顔をして、そして私を優しく温かく迎えてくれるだろう。

それが分かっているからこそ、余計に辛い。

期待に応じることの出来ない情けなさと申し訳なさ……。

まずは、謝ろう。

そして、必死に働こう。

魔法は使えないけれど、弓の腕とナイフの腕なら、大人の衛兵にだって引けを取らない自信はある。

魔法を使えなくても、それでも――

――私はずっと、森の守り人だ。


一週間の徒歩の旅路。

その果てにようやく、私は故郷に辿り着くことができた。

そして、帰郷した私を出迎えたのは父と母と、幼馴染たちと、近所の優しいおじさんおばさんたちの、その全ての人間の——


——焼け焦げた死体だった。


その日、集落の中央広場は一面の朱色に包まれていた。

濃い緑の香りと、優しい陽だまりの中の人々の笑顔。

そんな情景の中のかつての穏やかな森の集落、それらを構成する全てからは無慈悲に炎と煙だけが上がっていたんだ。

†

倒れる私を見下ろしているのは、白一色の男だった。

既に何度殴られたかは分からない。

ぼんやりとした光景の中、ただただ鮮明なのは、白に混じった私の鮮血——血の赤だ。

「……なあ……俺が憎いか？」

白い燕尾服に白い手袋。

白髪の二十代後半に見える男は、笑いながら私にそう問いかけてきた。

「……殺してやりたい……です」

言葉を聞いた男はフンと鼻を鳴らし、大袈裟に首を左右に振った。

「お前にそれはできない。何故か？」

「……」

「弱いからだ。そして俺はこの集落を皆殺しにすることが簡単にできた。何故か？　それは俺が強すぎるからだ」

「……なんで……どうしてみんなを……？」

問いかけには応じずに、男はため息と共に口を開いた。

「憎め。それがお前の力になる」

「……？」

「お前は強くなれる。あるいは俺の領域まで届きうる……お前はそういう人材なのだからな」

何を言われているのか理解できない。

けれど、気持ちだけでは負けない……そう思って、私は男をキッと睨み付けた。

「四大精霊と契約すらできなかった私が……？　第五階梯の魔法を扱う化け物の領域まで……？」

「お前はまともに魔法を使えない。その噂が俺の耳に入ったからこそ、極炎にこの集落は焼かれたのだ」

「私の……せい……？」

「これで憎しみの種をお前に植え付けることになったな。強くなれるぞ――お前は」

「………私が原因……なんです……か……？　この惨状の全てが……？」

と、そこで男は白のシルクハットをかぶり直し、深く溜息をついた。

「俺は孤独でね」

「……孤独？」

「見ての通りに俺には敵がいない。正に無敵だ。だが――俺でも届かぬ存在もある」

「……？」

「強力な魔物の湧き場も握られた今……現実的に経験値を稼ぐ手段は何だと思う？　それは高レベルの人間を狩ることだよ。だから俺は自らの手で自らの強敵を作っている。お前は……いや、お前たちはこれから……俺を憎んで憎んでそれを糧とし自らを磨くんだ」

「……？」

「さあ、これでお喋りは終わりだ。第五階梯状態異常：厄災(パンドラ)」

男が魔法を唱えた瞬間、全身に激痛が走る。

叫びだしたい衝動を必死にこらえて、私はただただ声を押し殺すことに全力を傾ける。

悲鳴なんて……絶対にあげない。

何から何まで……こんな男の好きにされるなんて、絶対に嫌だ。

力で負けても——心では負けない。絶対に折れてなんかやるもんか。

「石化も含めて、多種多様なバッドステータスをお前に植え付けた。治療を施さなければお前は死ぬ公算が高い。そして……これから俺はお前を近くの街の奴隷市場まで運び、売り払う」

「奴隷市場……？」

「それもまたお前に植え付ける憎しみの種だ。最悪のバッドステータス……そう、死の淵から生還することができたとしても、お前は良い所が性奴隷だ。そこからお前は抜け出そうと足掻(あが)くだろう。最終的に、お前は俺を激しく憎み、そして強くなり……経験値という名の肉袋となって俺の前に現れる。まあ、生き残ることができればの話だがね」

指先が石化し、体がどんどんだるくなっていく。

神経毒も回っているのか、激痛が逆に和らぎ、フワフワした気持ちになっていく。

「……貴方……名前……絶対……許さ……な……」

「死ぬも死なぬもお前次第だが、冥途の土産というものを俺は大事にしているのでな……教えてやろう。生憎と俺に名は無い。一度殺されかけた時に名は捨てた」

「……」

「そんな顔をするな。まあ、人は俺を神殺しと呼んでいるよ。存外、この名前が気に入っていてな――まあ、いずれ転生者のその全てを屠る男の名だ」

私の眼前の景色が狭まり、どんどん暗くなっていく。

そうして最後に――。

私の耳に、男の呟きが入ってきた。

「カンストのその先へ――。レベル99を蹂躙するには……まだ足りぬ。高レベルの戦士となって俺の前に立ってくれることを祈っているよ」

そして私の意識は暗転し、気が付いた時には私は奴隷市場の檻の中に収まっていたのだった。

サイド：飯島忍

「こりゃあマジで酷いな……」

鉄格子の中で横たわる、ぐったりとした少女を見ながら、俺はそう呟いた。

鑑定で見たステータス異常はこんな感じで、バッドステータスのバーゲンセール状態だ。

・石化（軽度）
・呪殺（中度）
・腐敗（軽度）
・毒（中度）
・混乱（軽度）
・魔封じ（軽度）
・麻痺（軽度）
・虚弱（中度）
・狂気（軽度）
・感染症（重度）

・脱力　（中度）
・衰弱　（致命的）

「いやあ、困ったものでね……」

と、そこで奴隷商が俺に話しかけてきた。

アゴヒゲを蓄えたターバン姿で、でっぷりと肥えた腹が良く目立つ男だ。

「困ったものっていうと？　あの子供のことか？」

「ええ、これはドミエ族の子供でございましてな」

「ドミエ族？」

「濃い茶の髪に茶の瞳を持ち、猫耳が特徴です。ま、スカサハの大森林に棲む亜人の田舎者でしてな」

「それで……？」

「ここ最近、ドミエ族の集落の一つが焼かれ、壊滅いたしまして。そのドサクサでアレは奴隷となったと聞いていますな」

「で……あの子は幾らなんですか？」

俺の言葉で、ほっほっと小太りの男は楽し気に笑った。

「これは御冗談を。確かにアレは処女のようですが、バッドステータスの影響で抱くにも命がけですぞ？　少し前まではバッドステータスもマシで、買手も何人かはいたんですが……」

「買手がいた？　でも、あの娘は今も売り物の奴隷なんでしょう？」

「いやね、確かに相手は好きモノの変態だったんですが……殴ったんですよ」

「殴った？」

「ええ。それを皮切りに、あの娘は続く買手に向けて唾を吐き、爪でひっかき、そして蹴りを入れました……そんなとんでもないヤマネコでしてね。で……今現在は感染症が進んで見ての通り虫の息と、そういった次第でございます。エサは与えてないから維持費はかかりませんが、死なれた時の焼却代で困っていましてな……」

ほとほと困り果てた表情の奴隷商人に対して、俺は小さく頷いた。

「なるほど……気性は良し……だな」

「……？」

「じゃあ、銀貨一枚で俺が買い取るってのはどうです？」

「いや、引き取ってくれる方がいらっしゃるなら、タダでも良いくらいなんですが……でも、正気ですか？」

「正気とは？」

「見て分かる通りに、あの娘はありとあらゆるバッドステータスを患っておりますぞ？」

「ああそのことか……」と、俺はうんと頷いた。

「バッドステータスなら大丈夫ですよ」

と、俺はガブリエルに耳打ちしてこう尋ねた。

「ガブリエル、何秒かかる？」

と、尋ねると、ガブリエルは頷いて耳打ちで返してきた。

「三秒ほどで処置は可能でございます」

天使というカテゴリーに入るガブリエルにとって、解毒や解呪の類など朝飯前以前の問題だ。

まあ、この世界基準ではこれくらいのバッドステータスの治療に相当な時間と労力がかかることは想像に難くないけどな。

俺は銀貨を一枚、巾着袋から取り出して奴隷商人に手渡した。

そうして鉄格子を開いて、俺は檻の中の少女に手を伸ばした。

「アリス。このままお前を助けることは確定しているんだが、最初に確認しておくことがある」

「……確認？」

「一応……俺はそれなりに実力のある魔法使いらしい。で、ワケあって、俺は弟子を探しているんだ。強くなりたいって気持ちがあって、俺と一緒に来てくれるなら――この手を握って欲しい」

我ながら、無茶な勧誘文句だとは思うが、こういうのは最初に意思確認しといたほうが良いだろう。

「もちろん、この手を握らなくても構わない。その場合は適切な処置をした後、お前を安全な場所まで連れていくことまでは約束するが……どうする？」

それだけ言うと、彼女は力無く俺に手を伸ばして――けれど、確かに俺の手を握ったのだった。

†

本来であれば、そこは性奴隷を購入した際の味見や、あるいは買った奴隷の服を着替えさせたりする施設となっている。

簡易のベッドに椅子とテーブル……そして仕切りのカーテン。

現代で言えば病院の大部屋という感じが一番近い間取りかもしれないな。

まあ、胸糞の悪い場所だけど、不潔な感じはしないのが救いだろうか。

「じゃあ、俺はここで待っているから」

仕切りのカーテンを閉めながら、俺はそう言った。

するとガブリエルがベッドに横たわるアリスの服を脱がせ、湿らせたタオルで垢を落としていく音が聞こえてきた。

そしてしばらくすると「もう大丈夫でございます」との言葉をかけられたので、カーテンを開いた。

そこでは、やはり起き上がる力も無い様子で、アリスがぐったりと横たわっていたのだ。

「……貴方たちが私を買った理由が……分かりません」

各種バッドステータスの影響か、息も絶え絶えのアリスの声。

「どういうことでございましょうか？」

「感染症で死にかけている上に……石化、呪殺……ありとあらゆるバッドステータスを植え付けられた私は……いつ死んでもおかしくない訳で。呪殺の解呪は確か……第三階梯の儀式魔法が必要なんですよ？　どれだけのお金がかかるか……ううん、お金があっても……帝都の聖教会にでも行かないと……」

「安心なさい。シノブ様は私にこうおっしゃいました。『何秒かかる？』……と。そして私は『三秒ほどで』と応じたのです。ならば、私には貴女を三秒以内で治療する義務があるのです」

いや、別に十秒でも二十秒でもどうでも良いんだけどな、と俺は苦笑する。

「第五階梯・熾天使の祝福（パーフェクト・ヒール）」

と、言葉と同時にガブリエルの背中から翼が出現する。

まあ、本気出す時は本来の姿ってことだよな。

で、彼女は自身の唇をアリスのそれと重ねたんだ。

その瞬間、アリスは大きく目を見開いた。

続けざま、ガバッという音と共にアリスは物凄い勢いで上半身を起こした。

「嘘……ありえない……です。あれだけの量のバッドステータスを……しかも……体力が……全快して……？」

目をパチクリとさせるアリスに、ガブリエルは呆れるように肩をすくめた。

「パーフェクト・ヒールと、私は確かにそう言ったはずです」

ポカンとした表情でぼんやりと……しばらく何かを考えてアリスは「第五階梯……」と呟いた。

そのままアリスは何かに気づいたように「あっ！」と声をあげると、まくしたてるようにガブリエルに詰め寄った。

「きっ……きっ……奇跡っ……！　奇跡ですよ……これって……奇跡ですよっ!?　呪殺や

石化の解呪だけでも第三階梯の儀式が必要なのに、それに他のバッドステータスをまとめて取り除いて、更に体力の全快なんて……っ！」

「奇跡ではありません。第五階梯魔法のスペック通りの効果です」

「ほ、本当に……第五階梯っ!?」

と、そこで――アリスはガブリエルの背中の翼に気付いたようで、目をパチクリとさせ始めた。

「その翼――貴方様はひょっとして？　大天使……」

ガブリエルは「やれやれ」とばかりに無表情で頷いた。

「第五階梯……ひょっとして……貴方様は……神に次ぐ立場……いや、神にも等しき存在と呼ばれる…………大天使……」

コクリと、ガブリエルは無表情で首肯した。

「……伝説の中に存在する……最上位の天使様……。お名前と階級は……確か……能天使……パワー様ですか？」

と、そこでガブリエルの無表情が崩れた。

「パワー……？　そういえば、下から四番目……第六位階級の天使にそんなのがいたような気がしますね。しかしこの世界……そうなってしまうのですか。これにはさすがに驚きを禁じ得ません。まさか第一階級の熾天使が第六階級のパワー扱いとは……」

ガブリエルは普段の鉄仮面を脱ぎ捨て、困ったなという表情を浮かべる。

まあ、それには俺も同感だ。

この程度で驚いているなら、これから先に起こる出来事に対して……彼女はどうなってしまうんだろうと。

†

「そういえばお前、ずっと飯抜きだったんだよな？」

ってことで、俺たちはスラムを抜けて、大通りに差し掛かった所で目に入った定食屋のドアを叩いた。

どっこいしょっとばかりに椅子に腰掛けると、メニューをおもむろに手に取る。

俺が先に座って、アリスとガブリエルが立ったままだったので、二人に着席を促した。

「おい、アリス？　お前……宗教上の理由とかで食えないものがあったりするか？」

「…………」

アリスは恐る恐る……といった風に首を左右に振った。

「すいません店員さん！　一番高い牛肉の定食を一人前と……後はパンを二人前と水を三人前ください！」

いや、全員で牛肉食べたいんだけど、先立つものが無いんだよな。

拠点に帰れば金銀財宝の類は色々とあるはずなんだけど、今のところはまだ行ったことがない。

なので、手持ちはチュートリアルクリア報酬の銀貨がいくらかあるだけだ。

これまでの旅でかなり金も使ったし、今回の食事で手持ちはほぼゼロになる計算なんだよ。

で、ここのシステムは先払いのテーブル会計となっているようで、ウェイターに促された俺は銀貨を払って釣銭を受け取った。

「あの……どうして私とシノブ様が同じテーブルで食事を？　そんなことして良いんですか？」

「いや、同じテーブルでメシを食べるって当たり前のことだろう？」

「あの……その……、私って奴隷ですよね？　奴隷が主人と同席なんて……」

と、そこでウェイターがやってきて、コトリと食事を差し出してきた。

「腹減ってるなら、冷める前に早く食え」

そう促すと、アリスは首をブンブンと左右に振った。

「そもそも奴隷として買われた私がシノブ様とご同伴なんて……そんなことできません。それに、シノブ様のような偉大なる魔導師様、そして大天使様。そのような方々と無能の私が同席の栄を授かるなど……畏れ多いです」

「いや、アリスは無能なんかじゃないぞ？」

「四大精霊のどれとも契約できなかった……落ちこぼれですよ？」

「仕方ない。じゃあ、奴隷の主人として命令するよ。一緒に飯を食うからグチャグチャ言うな。これなら文句ねーだろ？」

そう言ってウインクすると、アリスは身を縮こまらせて、恐る恐る……という風にパンの皿に手を伸ばした。

「いや、お前の飯はこっちだ」

そう言うと、俺は牛肉と野菜、そしてパンが盛られたプレートをアリスに差し出した。

「…………え？」

「腹減ってんだろう？　だったら肉を食え、肉を」

「わ、わけが分かりません！　そうするとシノブ様とガブリエル様……が……パンだけになります！」

「いや、何日も飯抜きだったんだろ？」

しばし呆気に取られた後、アリスはかすれる声で俺にこう尋ねてきた。

「でも私……奴隷……ですよね？」

「ああ、そういえばお前には奴隷紋も刻まれているな。何なら解呪してやろうか？」

奴隷紋ってのは厄介なバッドステータスの一種だと言って良い。

なんせ、主従関係は絶対で、仮に主人に反逆を行う場合、その対価は死となるような強烈な呪殺の術式が組み込まれているんだからな。

「え？　あ？　う？　奴隷紋を……解呪？　そんなことできるんですか？　これって百年前に失われたロストマジックを……アーティファクトで無理やりに再現して作られたシロモノですよ？」

何を言っているか分からない、という風にアリスは瞳を真ん丸に見開いた。

「おいガブリエル……頼む。こういう細工の細かいのは俺の守備範囲外だし」

「仰せのままに。先ほどのパーフェクトヒールでは奴隷紋をバッドステータスとは認識せずに放置しておりました。申し訳ございません。シノブ様」

パチリとガブリエルが指先を鳴らすと、アリスの掌から眩い閃光が走った。

「………………ふぇ？」

間の抜けた声で自分の掌を確認し、アリスは驚愕の表情を作った。

「……消えてる？」

そして、信じられないという風に彼女は何度も何度も首を左右に振った。

「奴隷紋って……そもそも……解呪できるものなんです……か？」

「そりゃあ、第四階梯程度の呪殺術式なんだから、解呪もできるだろうよ？」

「いえ、ですから……これって絶対契約と呼ばれる紋の一つで……奴隷紋以外にも似たような術式の契約紋ってありますよね？　ええと……解除不可能の前提で国際条約や商取引が行われていて……解呪ができてしまうと……世界の契約制度が無茶苦茶なことに……」

「血印関係のやつは俺等でも無理だけど、それ以外なら多分全部なんとかなるぞ」

「……え？」

と、その言葉を聞いてアリスは背筋を凍らせたように――しばしの間、完全に固まっていたのだった。

†

と、そんなこんなでメシを食った俺たちは街の外に出た。

で、歩くこと二時間程度。

街道を外れ、スカサハの大森林へと続く脇道にそれる。

更に道を外れ、道なき道——獣道をしばらく進んだ辺りで、俺はうんと頷いた。

「……まあ、とりあえずここなら人目もないか」

と、そこでガブリエルが瞳を閉じて、小さく頷いた。

「黒犬も問題ないと言っておりますわ」

「ってか、お前等って便利だよな。拠点にいれば全召喚獣と交信可能なんだからさ」

「我々は、シノブ様の魂の中で溶け合っているような形でございますので」

と、そこでアリスは「はてな？」と、問いかけてきた。

「ええと、お二人は何の話をされているのでしょうか？」

「今から飛ぶってことだよ」

それだけ言うと、俺はアリスと自身に飛翔魔法を施した。

フワリ。

ゆるやかな加速度と共に、二人の体が浮かび上がる。

しばし、アリスは押し黙り、そして首を左右に振った。

「第三階梯……飛翔（エリアルスイミング）……？　いや……私はもうこれくらいでは驚きませんから……」

加速度ってのは不思議なもんだ。

最初はゆったりとした速度でも、本当に加速度的にどんどん速くなってくんだよな。

で、十メートル、二十メートル、五十メートル、百メートル。

見る間に俺たちは、地上の人間が米粒のように見える高度に到達する。

そして――。

五百メートル。

千メートル。

三千メートル。

「あの……高すぎませんか？　第三階梯……飛翔（エリアルスイミング）の高度は二百メートルくらいまでのはずで……」

「そりゃあそうだろ。俺が使ってるのは第四階梯：重力無効（グラビティ・インバリッド）だからな」

「えっ!?」

五千メートル。

更に速度も上がっていく。

低い層の雲に突っ込んで、更に上を目指して高度を上げていく。

「えっ!?　えっ!?　雲……霧……えっ!?　えっ!?」

そして到達した一万メートル。

天上から見下ろす大雲海を見て、アリスは絶叫と言っても良いほどの大声を上げた。

「えーーーーーーーーーーーーーーーーー!?!?」

既に地表は遥か下方の雲の下。

そして、二万メートルを過ぎ、三万メートル、五万メートルへ。

更に上へ向けてグングン上昇。

しばらく上がっていくと、やがて遠く見える地平線は、星の丸みを帯びていって――。

上を見上げると、一面の黒、そして広がる無限の星屑。

下を見下ろすと、海を示す蒼と、雲を示す白と、そして陸を示す緑と茶だ。

まあ、大気圏よりはかなり下だけど、ＳＦチックで、ある意味ファンタジーな光景でもある。

ちなみに、魔法で周囲に結界張ってるから温度と気圧については問題ない。

「何なんですかコレ？　大天使様を従えるシノブ様は――神様なんですか？」

まあ、アリスは宇宙という概念すらも知らないし、星が球体であることすらも知らないもんな。

そんなアリスにとって、この光景は正に……神の奇跡以外に表現がみつからないのも無理はないのかもしれない。

「……凄い……です……！　本当にシノブ様は凄いです！」

「なあアリス？　世界ってのが丸いってのをお前は知ってたか？」

「世界が……丸い？　あ……本当です！　丸い！　丸いです！」

「あるいは、空の上には真っ黒の空間があるなんて、お前は知っていたか？」

いいえ、とアリスは首を左右に振った。

「メシ食ってるときなんだけどさ、お前は自分を無能と言った。だけど、実際にはそんなことはない。こんな風に視点を変えてみないと見えない景色がある――お前が知らないことはたくさんあるんだ」

「……はい」

「それと、今まで散々、お前は驚いているが、一回一回そんなに驚いていたら……身が持たないから今回で最後にしとけ」

と、そこで、呆れるようにアリスは笑った。

「いえ……こんな光景を見せられて……これ以上、何に驚けと言うのでしょうか？」

それもそうだな……と俺も笑ったその時、地上から舞い上がってきたガブリエルの姿が見えた。

「シノブ様。我らが拠点――イザナッハの面々からの報告によりますと、物質界への我らが拠点の空間固定準備は完了したとのことです。いつでも……繋がります」

「了解」

「それでは……始めましょう」

「ゲームだと《拠点》のコマンド押すだけで行き来できて便利だったんだけどな……」

「ですが、この世界だと色んな場所に出現できるので便利ではございませんか」

「ま、そりゃあそうなんだけどさ」

うんと俺たちが頷いたところで、俺は短筒を取り出し、そして念を込めた。

「第五階梯：次元斬（エクスカリバー）」

幅三センチ。

長さ五百メートル程度の黒色の線が俺たちの前方四百メートル程度の距離に出現した。

ま、文字通り、空間を切り裂いたってことだろう。

「第五階梯……」

アリスの表情から色が消えるが、それでも彼女は取り乱すことはなかった。

それどころか――彼女は呆れ笑いを浮かべていたんだ。

「私はもう驚きません。シノブ様……貴方はそういう存在なんですよね？」

と、そこでガブリエルが次元の裂け目に向けて何やら念を込める。

同時に次元の裂け目は見る間にひろがっていき、そこには直径四百メートルほどの球状のブラックホールのような穴が開いた。

そして――その中からソレは現れた。

——浮島の上に乗った、中世ヨーロッパの古城とでも言うのが一番形容が近いのだろうか。


いや、実物見るのは俺も初めてだけど、こりゃすげえな。

開いたブラックホールを、ギリギリ通れるって感じの大きさか。

幅は四百メートル、高さは最長のところで上から下まで三百メートル。

そして長さは二キロメートルを優に越える感じだろうか。

「しかし、細長い城だな」

俺がそう呟いたところで、アリスはゴクリと息を呑んだ。

そして、浮島の古城を指さし俺にこう尋ねてきたんだ。

「……シノブ様……アレは一体……？」

まあ、何だと尋ねられると素直にこう答えるしかないだろう。

「俺ん家」

言葉を受け、しばし固まりアリスは大口を開いた。

「えーーーーーーーーーーっ!?」

でも、これって第五階梯使えないプレイヤーはホーム機能使えないってことなんだよな？

そんなことを考えながら、俺は天宮イザナッハに降り立ったのだった。

†

俺と配下の拠点——天の浮島にそびえる天宮イザナッハの古城。

それは一言で言えば、超豪華だった。

っていうかコレ、玄関開けたら廊下がストレートに続いてるんだけど、長すぎて突き当たりが見えん。

絨毯なんかはフッカフカのモッフモフだし、インテリアなんかも美術品みたいな家具とかが並べられて……。

で、そのものズバリで絵画とか彫像みたいな美術品も飾られている。

天井を見上げれば三十メートルくらいの高さがあって、宝石がちりばめられたシャンデリアとかついてるしな。

いや……。

まあ、使い道の無いゲーム内通貨とかは、ホーム拡張とかインテリアにとりあえずぶち込んでたけどさ。

でも、無課金でこれなら、課金で内装とか凝ってた人はどんな感じになるんだろうか？

「これが……シノブ様のお家なんですか？　凄いです……本当に凄いです！」

と、アリスが目をキラキラさせていると、俺の脇に控えているガブリエルが言葉を投げかけてきた。

「さてシノブ様？　これからどうなされます？　イザナッハの中枢に向かい、第六階梯の召喚獣……私と同格の幹部たちと顔合わせをさせますか？　それとも……」

ガブリエルの言葉に、首を左右に振り俺はこう言った。

「いや、このまま回廊を突っ切って、いの一番で北の守護兵詰所に向かう。アリスはまだレベル1だし……何の拍子でレベルアップしちまうか分からねーからな。残りの守護兵長にも、北の詰所に集まるように言っておいてくれ」

「ああ、なるほど……レベルの上限がある以上……」

上目使いで、ガブリエルは得心したように頷いた。

「そういうことだ。将来的にはレベルキャップの上限までカンストさせるのは前提だ。今、この状況でレベルアップしちまうのは損失になって良くない」

そんな俺たちのやりとりを見ながら、アリスは震える声でこう言ったんだ。

「北の詰所？　レベルアップ？　っていうか……カンストが前提？　カンストって……カウントストップ……レベル99のことですよね？　私をレベル99にさせるってこと……ですか？　一体どういうこと……なんですか？」

「まあ、見てれば分かる。安心しろ」

「あの……前から疑問だったんですが、シノブ様は……ただの無能の私に一体何をさせようとしているんですか？」

「アリス、さっきも言ったがお前は自分を無能だと思っているが、それは間違いだ」

「いえ、でも私は――」

首をブンブンと振り、必死に俺の言葉を否定するアリスの頭をガサツに掴んだ。

そして俺はニコリと笑い、ワシワシと撫でてからこう言ったんだ。

「――その理由を今から説明してやるよ」

言葉を受けて、アリスはゴクリと唾を呑みこんだ。

†

浮島の、東西南北の端にそびえたつ物見の塔。

北の詰所は石畳の庭園に建てられているわけなんだが、紫陽花(あじさい)が咲き乱れる中で俺はアリスに向けて小さく頷いた。

「まず、お前にここでしてもらうことは——契約だ」

「……契約？」

ああ、と俺は頷いた。

「お前は四大精霊のどれとも契約をしてはいないよな？　いや……正確には契約ができなかったってことか」

「はい。だからこそ私は無能なわけです」

「だからこそ、無能じゃないんだよ」

意味が分からないという風にアリスは小首を傾げる。

「……ごめんなさい。何がなんだかサッパリ分かりません」

「ああ、そうだろうな。それじゃあ、ようやく本題に入ろう。まずはレベルという概念についてだ……それについては分かるか？　アリス？」

　しばし何かを考えて、アリスはコクリと頷いた。

「一応、魔術学院での座学の成績は上から数えた方が早いくらいでしたから。ステータスとレベルの概念は一通り理解しているはずです」

「じゃあ説明してみろ」

「モンスターなり、倒した対象の生命力を奪って、自らの経験値に変えることで人間の魂の階位が上昇します。それが——レベルと呼ばれるものですね」

　うんと俺は頷き、更にアリスに質問を投げかけてみる。

「じゃあ、一般的にステータス増加と呼ばれる現象とは、具体的には何を指すんだ？」

「ステータス成長、それはつまりレベルの上昇に伴い、魂の強化による霊的な補助を受けた身体能力等の成長……ブーストのことを言います」

「そこで質問だ。何故、お前は無能だと自分で思っている？」

　俺の質問の意図が分からないようで、怪訝な表情でアリスは応じる。

「精霊との契約を行っていない場合、精霊の加護がないためステータス成長補正が皆無となります。結果、レベルが上がってもステータスは壊滅的な数字になるということです」

「で、契約できる精霊ってのは何種類だ？」

「サラマンダー、ウンディーネ、シルフィー、ノームの四種類。第三階梯の四大精霊神ですね」

俺は大きく頷いた。

「俺の職業は召喚師だ。で、お前が無能では無い理由の説明はここで終わりだな」

「…………？」

与えられた情報を必死に整理し、アリスは顎に手をやって思案しているようだ。

「良く考えてみろ。今までの情報だけで、十分に答えを導き出すことができるはずだぞ？」

「ええと、シノブ様は第五階梯の魔法を使いこなす召喚師……なんですよね？」

と、そこで、ゾワッとアリスの肌が粟立った。


「…………………………あっ！」


そして体を震わし、その場に彼女は両膝をついた。

と、そこで俺は床に跪（ひざまず）いているアリスに掌を差し伸べる。

「そのとおり。お前はこの世界の常識を破壊できる。故郷を壊した奴を……そして故郷を馬鹿にした連中を見返したいんだろう？」

ただ、無言でアリスは俺の差し出したその掌を、力強く握り返してきた。

それは奴隷市場の時のように弱々しいモノではなく、今度は彼女自身が全てを理解して

――力強く。

そして、この世界で神と呼ばれている、紛い物の第三階梯の精霊などではない、俺の呼び出す本当の神々とアリスの契約の儀式が始まった。

サイド：アリス＝セシル

――東を守護する炎龍神皇バハムート。

――西を守護する海皇リヴァイアサン。

――南を守護する雷帝インドラ。

――北を守護する地母神ガイア。

私が契約したのはこの四柱の神様たちだ。

そして、契約を終えた私はただただ呆然とすることしか出来なかった。

何しろ、その全てが第五階梯に属する召喚獣であり――ガブリエル様に至っては第六階梯に属する召喚獣だという。

ちなみに、ガブリエル様……というよりも、第六階梯については火・土・水・風のどれにも属さないために、契約は不可能という話だった。

それはシノブ様とて例外でないが、あの方もレベル1の時にバハムート等との契約は終えているという話だ。

曰く、勝手にそうなってたってことなのだけど……まあ、あの方は転生者という話だし、私たちとは根本からして色々違うのだろう。

で、知っての通り、ステータスの成長率は、精霊との契約の有無によって劇的な違いが現れる。

契約が全くない状態と、四種の精霊契約がある場合では、文字通りにレベルが1上がる際に、ステータスの増加に天地の開きが出るのだ。

なら、第三階梯の精霊との契約補正と、第五階梯の契約による補正、それには一体どれほどの……開きが出るというのだろうか。

と、私はゴクリと息を呑んだ。

「で、どうしましょうかシノブ様。このままイザナッハ中枢に彼女を？」

「いや、そのことなんだがなガブリエル。光と闇の精霊契約って、確か……本人のレベルが20必要だろう？」

「……そのように心得ております」

「アマテラスやツクヨミには他に仕事させてるし、顔見せ程度で邪魔するのも悪いしな」

「まあ、確かに急ぐようなことではありませんね」

「ともかく、まずはちゃっちゃとアレをやってレベリングをしようか」

と、そこで私は小首を傾げてシノブ様に尋ねてみたんだ。

「アレとおっしゃいますと？」

シノブ様は懐に手をやって、取り出した短杖を渡してきた。

「え……？　どうしたんですか？」

「良いから、そのままで」

そうしてシノブ様は私の首に、これまた懐から取り出した首飾りをかけてくれたんだ。

次に、背後から私を抱くような形で両手を回してきて、後ろから抱き付くような格好になって――。

「杖を持って、両手を前に向けてみろ」

男の人と密着するのは初めてだ。

なので、今、頬が焼けるように熱くなっているのは……別に可笑しいことではないよね？　自然な反応だよね？

と、それはともかく、言われたとおりに杖を持って前方へ向けてみた。

すると、シノブ様が私の手を覆う形で、その大きな掌を被せてきたんだ。

それで、二人で一本の杖を持つ形となったんだけど、今度は手と手が触れ合ったことで、ドキっとしてしまって私の頬は更に熱くなってしまう。

うう……何なんだろうこの状況は……。

「アリス、上を見てみろ」

言われたとおりに見上げると、そこには翼を生やした蛇がいたんだ。

その全長は十メートルを優に超え、直径は二メートル程度ってところだろうか。

っていうかあれは……魔物図鑑で見たことあるよね。あれは確か……。

「ス……ス……スカイドラゴンっ!!?!　人里に出てくるのは十年に一度あるか無いかの大厄災じゃないですかっ！　あんなもの帝都の宮廷魔術師団と騎士団が協力してようやく退けることができるようなシロモノですよっ！」

「アリスは魔法を使ったことはあるか？」

「……あ、はい……生活魔法なら」

「オーケー。魔力制御は全部俺に任せろ。今から、俺の魔力を俺の掌から、お前の掌を通して杖に流すから」

「えっ？　どういうこと……でしょうか？」

しかし、シノブ様は私の疑問には答えない。

「終われば分かるさ」

そのまま短杖の先が、シノブ様主導で上空のスカイドラゴンに向けられていって――。

「咎人ならぬ咎神の、神を屠りし紅蓮をここに顕現――第五階梯：火之迦具土（ヒノカグツチ）」

そして、空に向けて、杖から光の熱線が放たれたんだ。

ジュっと冗談のような音と共に、その熱線はスカイドラゴンに直撃し、溶かし、切り裂き、そして両断していく。

「スカイドラゴンを一撃……っ!?　あの、でも……これに何の意味があるんです？」

「とりあえずアリス、杖をそっちに向けてみろ」

言われたとおりに杖を向けてみた。

「で、魔力を杖に流してこう唱えてみろ。第一階梯：プチファイアってな」

その指示で、私は「はてな」と小首を傾げる。

「私はレベル1ですよ？　先ほどのスカイドラゴンを討伐したのもシノブ様で……。私に経験値が入ってくるはずもありませんし、プチファイアを使用するなら最低でもレベルは5は必要です」

「ああ、お前等はステータスが一定値に達しないと魔法を使えないって話だったな」

「……だから、私はプチファイアは使えないのです」

するとシノブ様は困ったように笑いながら、私に向けてこう言ってきたんだ。

「良いからやってみ？」

無理なものは無理なのに……。

うーん、シノブ様は一体私に何をさせたいんだろう。

そう思いながらも、言われた通りに杖に魔力を流して、私は一言こう呟いた。

「第一階梯：プチファイア」

すると、ボッという音と共に拳大の炎がその場に出現したんだ。

「……あ……出ました」

まさかと思い、私は懐をガサゴソと探りステータスプレートを取り出してみた。

これは魔術学院の生徒となった時に作ったものなんだけど——まあ、それはさておき、そのステータスを見た瞬間に、私は驚きのあまりにヘナヘナとそこで崩れ落ちてしまったんだ。

「……シノブ様？」

「ん？　なんだ？」

「なんで私……レベル５になってるんですか？　後、数値が色々と……おかしくないですか？」

・アイテム説明：友情の首飾り

一言で言うとパワーレベリングを可能にするアイテム。

通常は経験値は獲物の生命力を奪った量に応じて獲得となるものである。

しかしながら、このアイテムを使うと、パーティーであれば経験値は等分されて配分されるようになる。

ただし、ゲームバランスを破壊しないように、レベル５までがパワーレベリングの上限となっている。

・ステータス
名称　アリス＝セシル
種族　ヒューマン
職業　魔法使い
レベル　１↓（第５階梯契約ボーナス及びレベルアップ）↓５
ＨＰ　１１０／１１０↓３０５／３０５
ＭＰ　１７５／１７５↓５１０／５１０
力　２↓９
体力　２↓９

素早さ　2→18
魔力　3→27
習得魔法：全ての第一階梯魔法（四属性の上位存在と契約しているためＭＰ消費に補正）

※　一般的な魔法学院の生徒のステータス

種族　ヒューマン
職業　魔法使い
レベル　５
ＨＰ　１５０／１５０
ＭＰ　２５５／２５５
力　４
体力　４
素早さ　６
魔力　９

習得魔法：一部の第一階梯魔法

サイド：飯島忍

――現在の時刻は夜。場所はイザナッハの中庭。

あの後、アリスを客室に案内するや否や、彼女は夢の中の人になった。

まあ、今日は色々なことがあって何だかんだで疲れたんだろうな。

で、俺はガブリエルと一緒に実物の確認がてら、イザナッハ内部を歩きまわっていたんだが――。

「……これからアリスをどうするおつもりで？」

「どうすりゃあ良いかなんて、正解は分かんないけど――まあ、方針はある」

「と、おっしゃいますと？」

「……要は、ラヴィータオンラインにリアルの友人を連れてきて一からプレイさせるってのと同じなんだよな」

「………ふむ？」

「別に難しいことなんて何もありゃあしない。適切なアイテムと適切なアドバイスを与え、そして見守る。レベル1から始めて、最短でレベル99にさせて自分のパーティーの戦力になるように育てると……要はそういうことなんだよ」

そこで何かを思い出したように、ポンとガブリエルは掌を叩いた。

「ところでシノブ様？」

「ん？　なんだ？」

「ステータス的にはアリスもすぐに上級の魔法を扱うことができるようになると思います。で……その覚え方なんですが……」

「そう、そのことなんだよ。そこがリアルの友達を連れてくるのと大きく違う点だ」

「アリス曰く、現地人は魔法は自動で覚えられるものではありません。条件は二つで、一つはステータスが達していること、そしてもう一つは――」

「魔術書で事前に魔術式とやらを頭に埋め込んでいないといけないんだよな？　プチファイアを始めとする第一階梯は契約儀式前に魔法学院で履修済みだったらしいが……お前……そんなアイテムの心当たりあるか？」

俺の問いかけに、ガブリエルは首を左右に振った。

「ございません。あと、正確には魔術書ではなく巻物（スクロール）というらしいですが……」

「確かあいつ、魔術学院にはまだ学籍は残っているはずだよな？」

「そのはずですが……」

「とりあえずの話として、あいつにはイザナッハから魔術学院に通ってもらうしかないんだろうな……」

「情報収集ですね」

と、ガブリエルの問いに俺は小さく頷いたのだった。

サイド：アリス＝セシル

さて、アルテナ魔法学院の運動用グラウンドである。

今日、ここでは長期休暇明けの一年生定期クラス分け試験が行われているわけなんだよね。

ちなみに試験項目は単純明快、たったの二種類だ。
1　プチファイアを扱えるか否か

2　そしてプチファイアをどれだけ連発で撃てるか

1については魔術師としての最低限の資質とされる事項……というよりも、精霊と契約してから数か月間魔物を狩ってレベルを上げれば誰でもできることなのでここで差がつくことはない。

まあ、私の場合は色々あったけどね。

で、2については魔力量——要はMPの総量を見ようという趣旨となっている。

一年生だと、これからステータスを上げて色んな第一階梯魔法を覚えていこうって段階なので、これくらいしか試験するにしてもできないって話なんだけど……。

と、それはさておき。

広いグラウンド内には、生徒たちの悲喜交々（こもごも）の声が響き渡っている。

生徒の半数は貴族のドラ息子や箱入り娘。

実際、ハクをつけるためだけに、多額の寄付金と共に入学してきた人たちが多いのは事実だ。

彼らにとってこの試験の結果は「どうでも良い」とまでは言わないけれど、それで将来が左右されるような性質のものでもない。

だけど、残る半数は平民出身。

それぞれにそれぞれそれぞれの背景があり、共通していることは死に物狂いで修練を積んで、そして将来の展望を少しでも有利にすること……となっている。

で、今日は魔法学院に入学してからの、最初の篩い分けの試験なんだ。

それだけに、グラウンド内に響き渡る悲喜交々の声の意味は重い。

そして——そんな試験の真っただ中、私は浮いている。

いや、浮きまくっている。

なんせ、本来であれば試験を受けることすらありえなかったはずの女が、試験の順番待ちの列に並んでいるんだからね。

実際、さっきから、級友たちは私を遠巻きに眺めてヒソヒソ話をしているし……。

と、その時、背後から甲高い声で呼びかけられたんだ。

「あら、アリス＝セシル様じゃございませんか？　ごきげんうるわしゅう」

金髪縦ロールの少女……それは見知った顔だった。

「ああ、ベアトリスさん、こんにちは」

「ところで——」と、ベアトリスは切り出してきた。

「どうして四大精霊神の誰とも契約できなかった、無能のグズがこんなところにいるのかしらん？」

「……」

押し黙る私に、勝ち誇ったような笑みをベアトリスは浮かべる。

「そういえばあなたの生まれ故郷、スカサハ大森林の未開の原住民が住まう村……壊滅したらしいですわね？　ドミエ族でしたっけ？　ふふ、こちらでは結構なニュースになっておりましたよ？」

少しだけ吐き気がする。

あの時の、全てが炎に包まれた光景が脳裏をよぎって——胸と頭が痛い。

「……」

「実家に帰るとそこは既に焼野原で、路頭に迷ってどうしようもなく学院に戻って来た……と、そういうところでしょうかしら？」

「…………」

「まあ、一度入学を認めている以上、一定のカリキュラム修了までは学院としても強制退学にはできないでしょうね。それに、寮制度もありまして、寮住まいを希望すれば確かに衣食住は保障されております」

でも……と、愉悦の笑みと共にベアトリスは笑った。

「——ざーーーんねんっ☆　今日はクラス分け試験の日ですわよ？　今日の試験結果で一定のカリキュラムが修了し、次年度へと課程は移りますの。お分かり？　つまり……あ・な・た・は・今・日・で・ク・ビ……っ！　ということでございましてよっ！」

押し黙る私に、サディスティックにベアトリスは口角を吊り上げる。

いや、知ってはいたけど……本当にこの子は良い性格をしているね。

「それと見るからにみすぼらしい恰好をしてらっしゃいますが――まさかとは思いますが、奴隷市場で売られていたという噂は本当だったのでしょうか？」

「………………」

私の無言を、ベアトリスは肯定と捉えたようだ。

その証拠に顔面を醜悪に破顔させ、そして大袈裟に腹を抱えて笑い始めたんだから。

「ククっ！　クフフっ！　痛い……お腹が……、お腹が痛いですわっ……！　しかし、本当に貧乏くさいマントですわね！」

確かに私は黒の外套を羽織っているけど、これはシノブ様から授かった大切な魔法具なんだ。

でも、ここでベアトリスに何かを言っても始まらないよね。

「………………」

「汚らしい未開の原住民の里が、汚らしく焼かれて、汚らしく浮浪少女になって、汚らしい盗賊に捕まって、汚らしい奴隷になって、汚らしい処女が、汚らしい奴隷の主人に、汚らしく散らされた……っ！　それで逃げて来て、この場所にいると、そういうことかしら？　くく、はは、アハハハっ！　マ・ジ・ウ・ケ・ル………………キャハハハー！」

と、その時、試験の順番が私の番となった。

ベアトリスは一旦置いといて、とりあえず試験は十人同時に行われる形式となっているんだよね。

それで、試験方法は非常にシンプル。

所定の位置に立ち、十メートル先の木偶人形に向けて魔法を放つ。ただそれだけだ。

で、私たちのグループが試験監督に呼ばれたその時、ベアトリスは露骨に舌打ちと共にこう言った。

「全く、せっかく玩具を見つけたのに逃げられてしまいましたか……」

と、そこでベアトリスは「良いこと思いついた」という風にニヤリと笑ったんだよね。

で、彼女はズシリと硬貨の詰まった巾着袋を取り出すと、私の横に並んでいた子の手に握らせたんだ。

「私、試験がまだですの。お友達と一緒に受けたいので……代わっていただけますでしょうか？」

†

所定の位置、横一列に十人が並ぶ。

そしてこれまた所定の位置からきっちり十メートル先に、等間隔に十体の木偶人形が並んでいるのが見える。

そして、私の隣に陣取った金髪縦ロールのベアトリスが嬉しそうに口角を吊り上げた。

「ねえねえアリス様？　どういうご気分でしょうか？」

「……」

無言の私に、再度ベアトリスが言葉を投げかけてくる。

「ねえねえアリス様？　どういうご気分でしょうか？」

こっちは話をしたくないって意思表示をしてるんだけどな……と、深く溜息をついて私は応じた。

「……さっきの貴女の言葉で嫌なことを思い出して、気分は優れません」

「ワタクシ、未開の原住民が虐殺された現場を思い出して貴方が凹んでいるとか、そんなしょうもないことは聞いてございませんでしてよ？　今、ワタクシは、これから魔法学院の試験で――あろうことか生活魔法を使うという暴挙に出ようとしている貴女が今、どういう気持ちなのかを聞いている訳でございます」

「……？」

フフンと、ベアトリスは見透かしたかのように目を細める。

「無論、いかにオツムの出来が悪い貴女でも、生活魔法で進級は不可能と分かっているはずです。おおかた――教師連中に可哀想な自分をアピールして働き口を斡旋してもらおうだとか、そんなあさましいことを考えているのでしょう？」

「……」

と、そこで懐から扇子を取り出し、ベアトリスはパタパタと優雅に扇ぎ始めたんだ。

「でも、ざーんねんっ☆　貴方に注がれるのは優しさや哀れみの視線では無く、爆笑と嘲りの視線だけでしてよ？　就職先の斡旋なんてある訳がないでしょう？」

「……」

「とはいえ、万が一……いえ、億が一の話ですが、そんなことを思ってしまうお馬鹿さんがいるかもしれません。でも、やっぱりざーんねん☆　その場合はお父様にお願いして、貴女の働き口を全て封殺してあげますわ。ワタクシ、前から……未開の原住民と同じ学舎で机を並べることを不快に思っておりましたの。まあ、自業自得というところですわね」

深い、深いため息と同時に、私はベアトリスに向き直る。

「……ベアトリスさん？」

「はい、なんですの？」

「実際、私は奴隷市場で売られていました。そして処女を売られそうになったこともありました……」

瞳をランランと輝かせて、ベアトリスは私にまくしたてるように尋ねてくる。

「やっぱり噂は本当だったのですの!?　で、どうでしたの!?　奴隷市場で買われると、豚小屋も同然の場所で処女を奪われるという噂は本当ですの？　ねえねえ、本当ですの？　本当ですの？　初夜が豚小屋って本当ですのっ!?」

「私はまだ処女です。性奴隷目的で買おうとした男たちを、私は殴り、引っ掻き、そして蹴りつけました……結果、私を性奴隷目的で買う人はいませんでしたよ」

口元を扇子で隠し、楽しそうにベアトリスは笑い始める。

「ウフフ……クフフ……っ！　キャハッ……！　キャハハっ！　グズで無能だけでなく、性奴隷としても役立たず？　全く、未開の原住民はどこまでいっても、どうしようもないのでございますね」

それで……と、私は天を見上げた。

「でも私の、そういう性格を私の恩人は……褒めてくれたんですね」

「だから……」と、胸を張り、私は続ける。

「私は……今から貴女に、今、私が思っている言葉を、素直にそのまま言おうかと思います」

「あら？　未開の原住民の生き残りのグズが、大貴族たるワタクシに何か意見を言うと？　まあ、貴方のような下賤な無能でも思うこともあるのでしょう。今後の参考のために聞かせてもらいましょうか？　で……何を思っていると？　ああ、勿論のことながらワタクシに失礼なことを言おうものなら、お父様にお願いして貴方の今後の人生を徹底的に叩き潰すので——あしからず」

「いい加減、黙れ」

「……え？」

そしてニッコリと笑うと同時に、私はベアトリスにこう言ったんだ。

「……不快だから黙れ。そう言ってるんですよ」

第三幕　逆襲

サイド：アリス＝セシル

「プチファイアの撃ちあい勝負をしませんこと？」

黙れと言われたベアトリスは、顔を赤くしてそんなことを言い始めた。

既に同じグループの生徒たちの試験は終わり、残るは私とベアトリスということで衆目をこれでもかと集めている状況だ。

「私に舐めたクチを利いたのですから、皆様の眼前で恥をかいてもらいますわ」

「勝負することは一向に構いませんが……」

「ふふ、私は普通にプチファイアを扱い、貴方はプチファイアを不発で決着。結果は目に見えていることですが、獅子はゴキブリを倒すのにも全力を尽くしますわ。覚悟することですわね」

「……後もつかえていますので、始めましょう」

私は前方の木偶人形に杖を構える。

そしてベアトリスもまた、懐から小さなタクトを取り出して、木偶人形に向き直った。

「構えだけは一人前ですのね？　それでは……」

その言葉と同時に私たちの声色が重なった。


「『プチファイアっ！』」


二つの木偶人形の頭部に、二つの爆発が起きる。

パンと、爆発の乾いた音がグラウンドに響き渡り、そして周囲の人だかりからどよめきが走った。

「あの女って……アリスだよな？　四大精霊に見放された無能だよな？　それがなんで……なんで……？　嘘だろ……？」

「ええ、そのはずよ。どの精霊とも契約をしていないはずなのに……なんで第一階梯の魔法を使えるの？　ありえないでしょ？」

「しかも爆発の炎の直径がベアトリスよりも大きい？　魔力に相当な差があるってことか？　いや、でも……精霊神との契約の後、間も無い俺たちにそんな目に見えるような差がつくはずが……理論上……ありえねえだろ」

そして、訪れる静寂。

ややあって、ベアトリスが呆けた表情を浮かべ、口を開いた。

「…………ふぇ?」

そんな間の抜けた声をあげ、ベアトリスは肩をプルプルと震わせ始める。

「ふっ……ふふん。木偶人形に火薬を仕込み、そして生活魔法で発火というところですの? まあ、どんな手品を使ったかは分かりませんが、試験では炎の大きさは採点項目とはなっておりませんでしてよ?」

そしてベアトリスは虚勢を張るかの如くに大袈裟に胸を張り、高笑いを始めたんだ。

「……試験で問われるのは第一階梯を扱えるかどうか。そして、MPの総量――つまりは連撃ですの。ワタクシ、プチファイアの七連撃ができましてよ?」

「……」

「あら? 驚きのあまりに声もでませんこと? 特待生クラスに抜擢されるような化け物は例外にして、ワタクシ……実際のところ、成績は上から数えた方が早いのですのよ? まあ、手品で第一階梯の魔法を扱ったように見せかけるだけの貴女には、連打なんて芸当はできないでしょうけれど。あ、そうだ! 一緒に連打でどこまで続くか比べっこしませんこと?」

無言で私は首肯した。

恥をかかせることになるかもだけど、別に遠慮をする必要もないもんね。

そして始まったのは、プチファイアの連打。

「「プチファイアっ！」」

三回目の爆発で、ベアトリスの眉間に皺が寄った。

——プチファイア。

四回目の木偶人形へ襲い掛かる爆発。その時、ベアトリスの表情に明確な戸惑いが生じたんだ。

——プチファイア。

五回目でベアトリスの顔から血の気が引いていく。

——プチファイア。

六回目……ベアトリスの表情が歪み始める。

ベアトリスのＭＰが枯渇してきたのか、精神的動揺によるものではない、明らかな肉体的疲労による冷や汗が彼女の額から流れ落ちる。


――プチファイア。


七回目。

限界を迎えたベアトリスは、肩で息をしながらその場で膝をついたんだ。

「……これは……手品でない？　じゃあ、どうして……？　まさか本当にアリスが……？　ありえない……そんなのありえないですわっ！」

声音に怯えの色を混ぜながら、半ば悲鳴のような声でベアトリスはそう言った。

そして、膝をついたベアトリスを見下ろす形で、溜息と共に私はこう言った。

「……ベアトリスさん。神話の世界のおとぎ話をしましょうか」

「おとぎ……話？」

「おとぎ話には第五階梯魔法を連発で撃てる人すら存在するんですよ？　それに比べれば、私が第一階梯を連打できることくらい――何も不思議ではありません」

ま、おとぎ話じゃなくて、そんな人が実在するんだけどね。

そこで、私は杖をその場で投げ捨てて、右手を木偶人形に向けて突き出した。

「プチファイアっ！」

次に、右手を引っ込め、そして左手を突き出す。

「プチファイアっ！」

更に、左手を引っ込め、そして右手を突き出す。

「プチファイアッ！」

次に、右手を引っ込め、そして左手を突き出す。

右手、左手、右手、左手、右手、左手、右手、左手、右手、そして——左手。

更にプチファイアが続いていく。

当初はギャラリーたちからどよめきが起きていたけど、今ではもう誰も言葉を発してない。


——プチファイア。


と、そこで——ベアトリスは振り絞るような声で大口を開いた。

「……さっ、さっ……三十連撃……？」

ええ、と頷き、私は言った。

「ベアトリスさん。この際だから言っておきますが――貴方の認識は間違っています」

「に……認識？」

「一つ。ご存じのとおり、歴史上、優秀な魔術師を輩出しているドミエ族は、未開の原住民でも無能でもありません。私たちは火と鉄による過剰な破壊を忌み嫌い、自然との調和を尊ぶことを選んだ……ただそれだけです」

「そして……」と、私は更に続ける。

「私の恩人……いや、私の師は、私を無能ではないと言いました。だから私は断言します」

「……」

「もう、私は無能ではありません」

そうして、私はアルテナ魔術学院の特待生クラスに進級することになった。

サイド：カシン＝ハイゼン

満月が青白く庭を照らしている。

「今宵は楽しめそうだな」

そう呟き、侯爵執務室中央に立った私は、壁際に並べた十五名の美少年たちに視線を移した。

この少年たちは表立っては当家の執事として雇われている。

が、その実は私の性的欲求を満たす、ただのオモチャであることは公然の秘密となっている。

表立っての男色は、頭の固い聖教会の連中が顔をしかめる事項だ。つまり、普通ならばどのような形で難癖をつけられ政敵に利用されるか分からん。

だが、私に文句を言える者など、この国には存在しない。

――時はまさに我が世の春。

宮廷内で飛ぶ鳥を落とす勢いに至った現在の状況を迎えるにあたり、思わず私はニヤケ面を作ってしまう。

そう——元々は下級貴族だった当家も、この百年で侯爵という上級貴族まで上り詰めたのだ。

それも全ては「テンセイシャ」から授かった力のおかげだ。

「お前とお前とお前だ——私の寝室に来るように」

三割の怯えに、一割の嫌悪、そして六割の媚といったところか。

そんな表情を作り、美少年たちは「かしこまりました」と私に頭を下げてきた。

と、そこで、部屋の外から絶叫が響き渡ってきたのだ。


「お、お、お……お父様あああアアアアアア！！！！！！」


それはつまり、私の娘であるベアトリスの甲高い声。

続けざま、部屋の入り口からベアトリスが——涙を流して入室してきたのだ。

「ヒグっ……ヒグっ……お父様……アリスが……下賤な平民に過ぎない……アリスが……っ！　アリス……がっ……！」

「おお、私の可愛いベアトリス！　美しい顔が……涙で崩れてしまっているぞ？　どうしたのだ？」

「……あのね、そのね……アリスがね……」

†

「なるほど。平民が我等ハイゼン家に逆らったと？」

ベアトリスの話をまとめてみると、要は平民が魔法学院の試験で卑劣な手段を使ったということだ。

つまりは、そのアリスとやらが魔法行使を阻害する禁制の品を使ったと。

そして、罠に嵌められた憐れなベアトリスは……実力を出せぬままに試験を受け、公衆の面前で辱められた。

まあ、我が娘ながら、いけしゃあしゃあと……よくぞこんな嘘をつくものだと思う。

大貴族相手に、そんなことをするような馬鹿がいるはずもない。

心の底から呆れるが、ベアトリスが可愛いものは仕方ない。

と、全てを分かった上で、私はコクリと頷いた。

「ならば、粛清だな」

私の頷きに、ベアトリスもまた神妙に頷いた。

「そうですわ！　粛清が必要ですわっ！」

事実として、平民の一人や二人は私の胸先三寸でどうとでもなる。

司法機関に顔が利く私だ。

この国では、私が白と言えば黒でも白になるし、黒だと言えば白でも黒になるのだ。

「ああ、そうだな。貴族に逆らった平民は叩き潰さねばならん。二度と反抗など企てぬように――徹底的にな」

と、その時――。

背後からゾクリと悪寒を感じると同時に、私は振り向いて自身の執務机に視線をやった。

はたして、そこには病的なまでに青白い顔の男が座っていたのだ。

黒を基調とした礼服に、裏地が真紅の外套。

背中まで伸びた赤毛――と、そこまで確認したところで、私は深く頭を下げた。

「ヴ、ヴ……ヴラド様!?　お久しぶりでございます！　今宵は何用でございましょうか？」

「かしこまらずとも良い。カシンよ」

「今は……お目覚めの周期の時期とは大きく異なっていますよね？　何故にこの時期にお目覚めを？」

「少しこの国に異変を感じてな」

「異変……？」と、私は首を傾げる。

「ああ。我ですらもその実力を計り知れぬ存在を察知したのだ」

私はしばし呆けたのち、驚愕に表情を塗りつぶした。

「真祖の吸血鬼たる――ヴラド様に比肩しうる存在？　またまた御冗談を」

「我は冗談は言わぬ。百年前にお前たちの一族と結んだ契約により、我は貴様の娘の影に分身を潜ませておるのでな。そこで感じたのだよ――その周辺から強者の気配を」

と、私は思わずゴクリと息を呑んだ。

いや……そんな馬鹿な。

この化け物に比肩する存在など――それこそテンセイシャ、あるいは神殺しの領域ではないか。

「お、お父様……？　ワタクシはお会いするのは初めてですが……この方が……例の？」

ああ、と私は頷いた。

「百年前に、貧乏貴族の六男だった先祖がテンセイシャより授かった超存在だ。分かっているとは思うが、これは我が家の絶対隠匿事項だぞ」

まあ、ヴラドが目覚める度に政敵を潰し回っているので、最近では半ば公然の秘密となっているのだがな。

つまりは、帝国騎士団でも敵わないような、得体の知れない暗殺者をハイゼン家が所有している……と。

と、そこでベアトリスはひざまずき、優雅な仕草でヴラドに向かって頭を下げた。

「真祖の吸血鬼ヴラド様。至高なる御身(おんみ)にお目にかかれ……恐縮至極でございます」

「時にカシンよ——目覚めの食事がわりに、そのアリスとやらの血液を吸ってやろうと思うのだがな」

言葉を受けて、ベアトリスは震える声色でこう応じる。

「ヴラド様のような方に平民の相手などと……。そんなつまらない仕事をお願いするなど、恐れの多いことでございます……っ！」

「つまらない仕事か……」

そう呟くと、ヴラドは何が面白いのか「クック」と笑い始めた。

「つまらない仕事と言うのであれば、我にはお前たちの家系の相手をしなければいけない……そのこと自体がつまらんよ」

「……」

「……」

押し黙る私とベアトリスに、ヴラドは溜息と共に言葉を続ける。

「ともかくだ。さっきも言ったであろうベアトリスよ。貴様の影にも我の分身は潜んでいるとな。つまり……そのアリスが強者に縁ありし者なのだ」

「そ、そんな……あの……アリスが？」

そうして再度「つまらない仕事……か」と呟くと、ヴラドは窓に向けて歩みを進め、空を見上げた。

「事実としてつまらない。それはもう、耐えがたいほどにな。主君より使い魔としてハイゼン家に貸し出された我は――とにかく飽いているのだ」

「飽きたと……おっしゃいますと？」

「貴様の政敵の暗殺を、その家族の虐殺を……。あるいは、政敵が所有する私兵団を、我はこれまで幾度となく屠ってきた」

「は、はい！　それはもう助かっております！」

「だから、つまらないのだ。貴様に分かるか？　この身に溢れる絶大な力――それを貴様のゴミ掃除にのみ使われる、この我の気持ちが……な」

「……」

「我が求めているのは強者だ。血肉がたぎり、強者と強者がしのぎを削る死線――それこそが真祖の吸血鬼が身を置く場にふさわしい。故に、今回の件を我は喜んでいるのだよ」

そのままヴラドはニヤリと笑い、月に視線を向けて楽し気にこう言ったのだ。

「ふむ。良い月だ。アルテミス――月の神という者がいるのであれば、是非とも俺と手合わせを願いたいものだ」

と、そこでヴラドは窓を開け放つと、その姿を無数のコウモリへと変えて、夜の空へと消えていった。

「お父様……」

ベアトリスの表情は恐怖に引きつっていた。

まあ、それは無理もない。

何せ、自分が幼少期に初めてアレを見た時も、それはそれは恐怖を覚えたものなのだから。

「しかし、幸いなことにヴラド様は我々の味方だ。案ずるなベアトリスよ」

「いえ、違いますわ。う、うし……後ろ――っ！」

「ん？ 後ろ？」

振り向くと、そこには白の燕尾服の男が立っていた。

「か、か……神殺しっ!?」

近くの大森林――ドミエ族の集落を焼き払ったとは聞いていたが、当家に顔を出すとは……と、私は絶句する。

「久しいな、ハイゼン」

「何故ここに!? 例の件なら……まだですぞ？ テンセイシャからの接触は三十年前より

当家にはありません」

「そんなことは知っている」

「しかし……約束は本当なのでしょうな？」

「貴様からの情報で転生者の所在を突き止めることができたのであれば、裏からでも、真正面からでも……貴様の敵の全てを消してやる。それこそ、この国が有する全ての戦力の殲滅というオーダーでも構わない」

「ヴラド様では……さすがに帝国の全てを相手取ることは不可能ですからな。その点、貴方は本当に心強い――で、何故ここに？」

「気になったからだ」

「……気になった？」

「アリス＝セシルだ」

また、アリスという名が出てきた。

ヴラドといい、神殺しといい――その少女は一体何者なのだろうか？

「ふふ、しかし本当に良いエサになってくれたものだな」

ボソリと呟くと、神殺しは凄惨としか表現できないような笑みを浮かべる。

「ど、どういうことでございましょうか？」

「ともかく、俺の狙い通りの相手をアレが釣り上げたのであれば――ヴラドには荷が重すぎる」

「ヴラド様では荷が重い？　あの方は……四大精霊神をも超える召喚……第三階梯の最上位存在の使い魔ですぞ？」

「だから、転生者からこんな場所に左遷されてきたアレには荷が重いと言っている。そう……アリスの背後の存在はアレが相手をする次元ではなく——俺たちの獲物だ」

「俺たち……？」

不審に思い小首を傾げると同時に、「なっ!?」と私は声をあげる。

と、いうのも——気が付けば、そこには三人が立っていたのだ。

そう、確かに一人しかいなかった……神殺しの両脇に、いつのまにか二人の男が立っていた。

目を離したというわけでもないのに……と、私は絶句する。

「何故、我々が神殺しと呼ばれるか分かるか？」

「百年前から生きる貴方たち……至高の三賢者は、嘘か実か神人……いや、テンセイシャを何人か殺したと。そのように伺っています」

「殺したのもただの転生者ではない。カンスト——レベル99の者をだ。それはそうと、これは非常にシンプルな話なのだよ、ハイゼン」

「シンプルとおっしゃいますと？」

「現地最高戦力として、我々には転生者の傍若無人に抗う義務がある。そういう話だ」

そう言うと、神殺しは……いや、至高の三賢者：白のマトリャーナはニヤリと笑ったのだった。

サイド：飯島忍

朝のイザナッハ大食堂。

っていうかココ、とにかくデカいんだよな。

食堂というよりは小さな市民体育館とかの大きさだ。

五百人規模の宴会が可能なんじゃねーかってレベルで、部屋の四隅にはそれぞれ何人もメイドさんが立ってるし……。

メイドさんの見た目のレベルで言っても、全員がグラビアアイドルクラスだし、もう、マジで色々ヤバい。

そんでもって、メイドさんたちもそれぞれが一騎当千で、最低でも第四階梯以上の召喚魔法で呼ばれた大妖の類となっているわけだ。

っていうか、序列があって第三階梯以下の連中は、基本的には俺の目に触れない裏方さんってことになってる。

ガブリエル曰く「シノブ様の側に仕える人選をしている」ということで、メイドさんになる連中はかなりの狭き門をクリアーする必要があるらしい。

と、まあそんなこんなで――。

だだっ広い食堂。

その端っこで固まるように着席しているのは、ガブリエルと、アリスと俺だ。

普段の食事は高級ホテルのビュッフェも真っ青なくらいの品数の豪華料理がテーブルに並ぶんだけど、今日はアリスが作った料理となっている。

それで、アリスの作ってくれた料理は、まさかまさかのカレーライスだった。

「う……美味いっ！」

いや、ドミエ族の住んでる大森林は香辛料が豊富に取れるらしいんだよな。

で、イザナッハの厨房には色んな香辛料があるってことで……こうなったわけだ。

「しかし、まさかこの世界でカレーが食えるとは……」

バクバクバクバクバクっとばかりに、猛烈な勢いで俺はアリスのカレーをかっこんでいく。

いや、しかし、本当に美味いなコレ。

レトルトカレーとも、本格的なインドカレーとも違って、なんていうか……懐かしい味だ。

遠い昔、俺の死んだ母さんが作ってくれたような、そんな感じの懐かしい味のカレーってところかな。

「……」

ガブリエルは無表情でスプーンを運んでいる。

でも、明らかに口に運ぶスピードが速いので、これは気に入っているということだろう。

「で……アリスの訓練はどんな調子なんだガブリエル？」

まあ、言葉のとおりに現在俺たちはアリスの強化をすべく、現地人の魔法の覚え方の調査中だ。

まさか、第一階梯しか使えない段階で理想都市への十三階段に挑ませるわけにもいかないし、まずはレベリングと魔法って話。

もちろん、俺やガブリエルたちも色々と調査をしてるんだけど、アリスもせっかく魔法学院に通ってるってことで、学生という立場から色々調べてるってことだな。

つまり、分からんことが多すぎるので、とにもかくにも情報収集ってのが現状だ。

で、アリスはここから転移魔法で学校に通ってもらってるわけで、登校前と登校後にレベリング以外の訓練をやってもらっているんだけど――。

「滞りなく作業は進んでおります」

作業？　と、俺は若干不安になったので詳細に尋ねてみた。

「具体的にはどんなトレーニングを？」

「現地人はレベル以外にも、純粋な筋力や格闘術でもかなりの強化をできるらしいですからね」

「ああ、そうみたいだな。だからこそ本格的なレベリングの前にお前にお願いしてるわけだ」

「まずは早朝から走り込み……重りをつけての十五キロでございます。これは純粋に素の身体能力の底上げが目的ですね」

「……かなりハードだな」

ええ、と頷きガブリエルは続けた。

「その他、やはり重りによる荷重をかけた状態での腕立て腹筋スクワット……十回を目安として、筋肉が負荷に耐えうる限界の重量を選びます」

「正解だと思う。筋トレってのは無駄に回数をやるよりも、少ない回数で限界まで追い込むのが肝心って話だからな。まあ、それを三セットくらいやって、手足がプルプルとなるみたいな状態になるまで追い込むのが効果的らしいし」

「ちなみに、十五キロというのは百メートル全力ダッシュを百五十本のことですね。そして筋力トレーニングは腕立て、腹筋、スクワット。限界まで追い込むレベルの負荷――それぞれ十回の一セット。それを繰り返し、文字通りに倒れるまで筋肉を追い込みます。今朝行った筋肉トレーニングは……それぞれ二百セットとなっています」

「いや、限界まで追い込む筋トレを二百セットとか……物理的に無理だろ？」

俺の問いかけに、涼しい顔でガブリエルは応じた。

「回復魔法ですよ。瞬時に回復を促し、筋肉の超回復までを促します。まあ、さすがに体に負担がかかるので……一日に朝夕二百セットくらいが限度ですが」

「……マジか」

無表情の鉄仮面でサラっと言ってくれるが、つまりガブリエルは無茶苦茶やってるみたいだ。

よくよく見てみると、アリスの表情はどことなくやつれて見えるし。

「おい……大丈夫かアリス？」

ええ、と頷きアリスは言った。

「基礎トレーニングが終了した後の……実践トレーニングはさすがにキツかったですけどね……」

「実践トレーニング？」

と、そこでガブリエルは、やはり鉄仮面の表情で小さく頷いた。

「護身術程度でございます。現代地球の合気道と柔道をベースにしておりますね。まあ、とにもかくにも乱取りということで――とりあえずチョークスリーパーで二百回、当身で四百回ほどアリスの意識を飛ばしました、もちろん、戦闘不能に陥った時点で回復魔法からの強制復帰でございます」

「アリスよ……本当に大丈夫なのかお前は？」

心配になってきた俺だったが、アリスは意志のこもった瞳で、こう応じてくれた。

「辛いけど大丈夫です！　強くなりたいですからっ！」

「……頑張り屋さんなんだな、お前」

「しかし、ガブリエル様って、大天使様なのに結構肉体派なところがあるんですね……」

その言葉に、ガブリエルは小さく頷いた。


「――異教徒とは……レベルを上げて物理で殴り倒すべき存在でございますから」

断言口調のガブリエルは、ある種の圧が伴っている。

なので、俺は「お……おう」と、曖昧に頷くことしかできない。

「と、それはともかくアリス？」

「はい、なんでしょうか？」

「第二階梯、あるいは第三階梯の魔術書……いや、巻物か。その巻物について、魔術学院で情報は得られたのか？」

「第二階梯までの巻物については問題ないですね。学院で所定の条件を満たせば誰でも貰えます。まあ、誰でもと言っても、学院在籍中に第二階梯を貰える人なんて過去三十年いなかったみたいですが。ステータスの条件がクリアーできる人がそもそもの話……いないと言い切っても良いレベルなので」

「で……第三階梯は？」

と、その問いかけにアリスは深い溜息をついた。

「国家機密扱いで情報が流れてきません。帝国魔術大学院等で勤務していればあるいは……というところと思います。そもそも第三階梯と言えば個人で扱うような魔法ではないですから……」

なるほどな、と一呼吸置いて俺は肩をすくめた。

ゲームだったらレベルに達すれば自動的なんだけどなあ……まあ、ここで嘆いても仕方ない。

「とりあえずは……一旦保留だな」

と、なると魔法は置いといて、レベリングに入るか？

とはいえ、一気に急速なレベリングに踏み切るのもまだ早い気がする。

なんせ、そもそもの話、現地人のレベルアップは四大精霊絡みで無茶苦茶な状況だったしな。

第三階梯以降の魔法の習得方法が機密になってるのも、恐らく転生者が絡んでるんだろう。

現地人が弱いってことは、イコールで連中が武力で好き勝手できるってことだし……。と、なると俺の知らないところで、レベルアップ関係には罠が潜んでいる可能性もある。

「今は情報収集に努めるとして……それはともかくアリスはメシ食わないの？」

「あ、許可を……いただいてなかったものですから」

「だから、そういうの気にしなくて良いんだよ。家族みたいなものと思ってくれてかまわないし、遠慮しなくていいから」

「はい！　それじゃあいただきます！」

で、彼女はカレーのルーだけを器にとって、テーブルの白パンにつけてパクリと口に入れた。

「………凄く美味しい……です」

「ああ、お前のカレーは絶品だよ」

「ち、違いますよ！　カレーも確かに美味しくできましたけど、それは厨房にあったスパイスの品質がとんでもないことになってるからで、それに……それに……」

「それに？」

「白パンとか、こんな高価なもの……口にする機会が今まで無かったので。本当に美味しいです！」

ニコリと笑うアリス。

ああ、だからライスじゃなくてパンで食べてたのかと俺も納得する。

「遠慮せずに、ガンガン食って良いからな」

「……ありがとうございますっ！」

と、そこでパクパクとアリスは白パンとカレーにかぶりついたわけだ。

ハードトレーニングを終えた後って話で、その食べっぷりったるや、それはそれは凄まじかったんだが――

「ところでシノブ様？」

アリスは周囲のメイドたちを見渡しながら、俺に尋ねてきた。

「他の皆さんは、食事はなさらないので？」

「んー……その辺はどうなんだガブリエル？」

いや、俺に聞かれても、ゲームのキャラたちの実際の生活なんて分かんねーもんな。

「私たちは基本的には食べなくても大丈夫なようにできております。必要最小限はシノブ様から魔力供給を受けますので」

「そうだったのか」

「ええ。しかし、食べなくても大丈夫ということは、イコール食べないというわけでもありません。普通にお腹が空きますし……まあ、嗜好品としての意味合いも強いですが、それでも食べなくてはかなり辛いのもまた事実ですね」

「つまり、普通に食ってると？」

「左様でございます。イザナッハに存在する龍や巨人などはその限りではありませんが。巨大な生物を養える食料は流石にありませんし、連中が外に狩りに出るとなると、大変なことになりましょうから……」

「まあ、そりゃあそうだ。だけど、そうなるとちょっと可哀想なことをしちまってるのかもな」

「とはいえ、ご安心ください。嗜好品感覚で食物を摂るのは……人間だけでございましょう？」

「確かに、人間には肥満は多いが自然界に肥満は少ないな」

「それと同じで、人間タイプ以外の召喚獣は食欲も少ないので、気に病まれる必要はありません」

　そういうことならまあ……オッケーかな。

　と言っても、いつかは腹いっぱい何かを食べさせなくちゃいけないんだろうが。

と、そこでアリスは心配そうな表情で俺にこう尋ねてきたんだ。

「だったら、イザナッハの門番——入口に立っていた剣士様は？」

「剣士……？」

　ああ、黒犬のことかと俺とガブリエルは顔を見合わせる。

「確かあの方は、門から一歩も動かないという話なんでしょう？」

「門番として採用して欲しいってのは本人の希望だ。周辺索敵能力があるし、実際に黒犬はイザナッハの防衛の要だよ」

「周辺索敵能力？」

「ああ、千里の魔眼っていってな。ちょっとしたイージス艦……っていっても分かんねーか。要は半径五十キロ圏内の動物の全ての動きを察知する能力を持っているんだ」

「半径五十キロの動物の動きを察知？」

「正確に言えば、一定以上の速度で動く物体の捕捉と、それと……敵とか仲間とかの予めロックオンしている相手の座標の動きの詳細分析だけどな」

「それって……凄いどころか、とんでもない能力じゃないんですか？」

「いや、そりゃあまあ……アレも神様みたいなもんだからな」

「……なるほど」

　神様の一言だけで納得してしまうあたり、ようやくアリスも俺たちのノリに慣れ始めたってことかな。

「でも、あの人は門番さんで……門から一歩も動かないんですよね？　あの、その、えと……と、と、ト……トイレとかは？」

少しだけ頬を染めて、恥じらいながらも聞いてきたアリスに俺は思わず笑ってしまう。

「黒犬は神ですのでトイレの必要はありませんよ。無論、私もトイレには行きません」

昔のアイドルかよと、またもや俺はクスリと笑ってしまう。

まあ、でもこいつらについては本当にそうなんだろうな。理屈は良く分からんが。

「……でも、本当の本当に門から一歩も動かないのですか？」

「真面目というか、愚直だからな。孤独を望んでいるというか、コミュ障というか……まあ、素直じゃないけど、犬みたいで可愛い奴だよ」

と、そこでアリスは「うーん……」と、困ったような顔をしたんだ。

「でも、人間タイプの神様は、普通にお腹が空くんですよね？　だったら——黒犬様もお腹が空いてるんじゃないでしょうか？」

「どうなの？　お前等黒犬に食事とか運んでんの？　それか、あいつってメシくらいは食いに食堂に来てんの？」

と、メイドさんたちに尋ねるけど「さあ……？」という感じの反応だった。

「シノブ様。少なくとも……生存に不必要な食事という理由では、黒犬は門からは離れないと思われます」

「ああ、そうだろうな。だってアレは……真面目だから」

黒犬は自分の役割を門番と思ってるから、マジで入口からテコでも動こうとしないんだよな。

話があるっつっても、「命令とあれば移動もしますが、門番としての責務を全うしたく……。可能であればこの場で」とか、こんなこと言い出す始末だし。

「それじゃあ私、余った料理をお弁当にして持っていきます！」

「メイドさんにお願いすれば良いんじゃん？」

「いや、メイドさんって言っても、皆さま神様なんでしょう？」

「全員が神かどうかは知らんが、マイリーな神様や、九尾の狐なんかの有名な妖怪だったりはするけど……」

「だったら普通に考えて、ここでは私が一番下っ端なんですよ」

「うーん……まあ、お前がしたいならそうすりゃ良いよ」

そう言うと、ニコリと笑ってアリスは厨房に消えていった。

っていうか、普通にアリスって良い子だよな。

とか、そんなことを思っていたその時、食堂のドアが開いた。

見ると、そこにはゴシックロリータ風の寝間着に身を包み、巨大なヌイグルミを抱えた小柄な少女が立っていたのだ。

「月読命（ツクヨミ）か」

こいつはガブリエルと同じく第六階梯の神様だ。

日本神話の神様で、主神であり太陽の神様である天照大御神（アマテラス）……ちなみにアマテラスはウチの最強戦力でもあるんだが、今はそれは置いておく。

そしてその弟の須佐之男命（スサノオ）、最後にその弟の月読命（ツクヨミ）の三柱は三大貴神とも言われている。

アマテラスは女で、スサノオは男……まあ、創作界隈ではこれはほとんど確定だ。が、ツクヨミは月の神ってこともあるのかどうかは知らないが、男だったり女だったりで描かれることが多い。

で、ラヴィータオンラインでは月の女神として描かれているので、こいつは女という設定だ。

ちなみに、彼女が抱えている巨大なヌイグルミだが、色んな種類のヌイグルミの手足を切りとり、そして継ぎ足したキメラのような形状となっている。

ゴシックロリータ風の服装と併せると、制作陣営から中々にアレな味付けされたことが窺えるわけで、実際にそんな感じの子だ。

「……シノブ君……おはよう」

ツクヨミは腰までの黒の長髪を揺らしながら、真っ直ぐに俺に向けて歩を進め、迷うことなく隣に座ってきた。

　そして俺の右手に自らの左手を絡ませると、気だるそうに「ふわぁ……」とあくびを一つ。

　透き通るような青白い肌に、紫のルージュ。

　どことなく、氷のような冷たさを伴う印象で——素直に綺麗だな……と、そんな感想を抱かせる。

　と、彼女の着席と同時に、壁際に控えていたメイドたちは慌ただしく動き始め、すぐさまカレーをテーブルに配膳したんだ。

「……カレー？」

「アリスが作ったカレーだよ」

　そしてツクヨミは俺の手から自分の手を放さずに、右手でスプーンを操りパクリと一口。

「……美味しい」

「うん、美味しいのは分かるが……太ももをまさぐるのはやめてくれないか？」

　そうなんだよ。

　手を握ったかと思うと、そのままスルリとツクヨミの手は俺の太ももに伸びてきたんだ。

「……本当なら朝の挨拶ということで、もっと股の奥の方まで触りたいのだけれど……」

「だけど？」

「……残念ながらR15ではここで限界」

「その設定はキッチリお前にも適用されてたんだな」

まあ、日本の神様は性に奔放ってことで、八百万の神様の系統はそんな感じの奴多いけど。

「……無論、脱げと言われれば脱ぐわ」

しかし、忠誠度がイコール好感度ってのもおかしいと思う。

もっというなら、好感度がイコールエロ方面OKってのも……安直というかなんというか。

「ところでツクヨミ？　アリスに……松尾(まつのお)大社のお守りを与えるつもりなんだが、この意味は分かるな？」

しばし考え、ツクヨミは小さく頷いた。

「……アリスを陰から見守れと？」

京都松尾大社摂社——別名、月読神社とも呼ばれ、設立から千年を優に越えるという由緒正しき神社だ。

で、召喚獣としてのこいつの核はそのお守りってことでもある。

まあ、夜の眷属でもあるこいつは隠密系の能力に長けてるから、護衛は適任っちゃあ適任だ。

「話が早くて助かる。転生者とか神殺しと名乗った男とか……色々とキナ臭いしな」

「……ところでシノブ君？　それは命令？　あるいは依頼？」

しばし考えて、俺は小さく頷いた。

「依頼だ。嫌なら嫌と言ってくれて構わない」

「……本当に不思議な人」

「どういうことだ？」

「……これだけの美人揃いなのに、未だに誰にも何もしてないし、させてない。貴方が望めば――R15の範囲でも色々できるのに」

クスクスと笑いながら、ツクヨミは俺の右手に抱き着くように絡み付いてきた。

「おい、やめろって。別に俺は好感度とか忠誠度とか、そういうので無理やりお前等をどうにかするつもりは無いんだって」

「あら、どういうことかしら？」

「だから、お前が俺にそういう風に……肉体的に接触してきたりするのも、女キャラの忠誠度パラメータって話だろ？」

ツクヨミはクスっと笑って、人差し指を俺の唇に置いてきた。

「……そういう人、嫌いじゃないわ。パラメータとかを抜きにしてね」

「どういうことだ？」

そう尋ねると、ツクヨミはチュっと俺の頬に自らの唇を触れさせて——

「……好きってことよ」

それだけ言うと「ふわぁ……。やっぱり眠いわ、朝はダメ」と、眠たげな瞳でヌイグルミを抱き、彼女は食堂のドアへと向かって消えてしまったのだった。

サイド：アリス＝セシル

黒のフルプレート——頭までを甲冑で覆った男の人だった。

彼は身の丈ほどもある人剣を床に突き立て、天宮イザナッハの門の脇に黙って一人でいつも立っている。

と、そんな黒犬様は開口一番、私にこう言ったんだ。

「俺に気安く話しかけるな」

「……え？」

あまりのことに、私はしばらくフリーズする。

ええと、これってどういうことなのかな？

いや、でも……私は下っ端だけど、一応はここの一員になったわけで、黒犬様も……いつも門を通る私を呼び止めたり咎めたりもしない。

つまり、私の現状は黒犬様も知っているわけで……。

うん、なら、話せば分かってくれるよね。

そう思って私はこう尋ねてみた。

「いや、お腹が空いてるんじゃないかって……差し入れを持ってきたんです」

「……いらん。俺たちは別に経口摂取で栄養を補給する必要もないのでな」

「でも、食べることはできるんでしょう？」

「要らんと言っている。俺には哨戒と門番の仕事があり、一瞬たりとも気を緩めることはできん。食事にウツツを抜かすなど言語道断だ……三度目は言わんぞ？　俺に気安く話かけるな」

取り付く島が無いとはこのことだ。

まあ、こう言われてしまっては仕方が無いので、私は踵を返して門を通って食堂に戻ろうとした。

と、その時――黒犬様はスンスンと鼻を鳴らしてこう言ったんだ。

「……何を持ってきたんだ」

「……え？」

「差し入れだ。何を持ってきたかと聞いている」

「カレーと……それに他にもサンドイッチとか色々です」

「……カレー……だと？」

「良かれと思ったことではあったのですが、逆に迷惑をかけたようで申し訳ありません。

それでは私はこれで失礼――」

と、帰ろうとあちら側を振り返ったところで、私の肩が強く掴まれたんだ。

「……いただこう」

「え？」

「……腹が減っては戦ができんというやつだ」

†

コトコトとカレーのお鍋が沸騰する音。

携帯用簡易かまどにカレーのお鍋を乗せて、生活魔法で温める。

まあ、布を敷いた上に座ってピクニック状態になってるんだけど、カレーが温まる前に黒犬様に出すのは、シノブ様が前に作り方を教えてくれたピザトーストだね。

それとサンドイッチが三種類。

で、黒犬様はサンドイッチを食べるために甲冑の頭部を脱いだんだけど――。

大剣を持っているし、黒騎士って感じの格好だったので、イカツイ感じの人かと思ってたら、物凄い美形の男の人だった。

銀の長髪に……線の細い感じのシャープな顔立ち。

中性的な顔立ちは――まあ、私の好みのタイプとは真逆だけれど、これは相当にモテるんじゃないかな……、と、彫像芸術を見ているような感じになって、私は思わず息を呑んでしまった。

「ところで、味はどうでしょうか？」

「不味くはない」

ぶっきらぼうにそう言われてしまった。

眉もひそめているし、美味しくなかったのかな？

そう思いながらも、私は黒犬様に一応尋ねてみる。

「おかわりは？」

「いただこう」

かっさらわれるようにサンドイッチの包みを奪われ、そのまま黒犬様は黙々と食べ続ける。

っていうか、物凄い速度で食べている。

カレーにも食いついてきたし、やっぱりお腹が空いてたんだろうね。

で、サンドイッチがなくなったので、次に私はピザトーストを差し出したんだ。

「……」

「……」

しかし、黒犬様は手を出さない。

お腹空いてる感じなんだけど、これはどういうことなのかな？　そう思って私は尋ねてみた。

「ピザは嫌いなんですか？」

「ピザは好きだ。カレーの次にな」

「なら、どうして食べないんですか？」

そうして黒犬様は遠い目で、空を見上げて……ボソリとこう呟いたんだ。

「ピーマンは嫌いだ」

「え？」

「だが……ピザは好きだ」

憂鬱気な表情で、黒犬様は自身の掌を見つめて溜息をついた。

えーっと……。

フルプレートの甲冑ってことで、指まで板金の装甲が包んじゃってるんだよね。

つまり、ピザのピーマンなんていう小さいものは取り除けない……と？

仕方ないので、私がピーマンを取り除いてあげると、物凄い勢いでピザトーストをむんずと掴んで来た。

「味はどうですか？」

「……不味くはない」

ぶっきらぼうにそう言う仕草は変わらない。

本当に美味しく無さそうな感じなんだけど、やっぱり私は一応聞いてみる。

「おかわりもありますよ」

「いただこう」

と、そんな感じで黒犬様はピザトーストを食べていたんだけど……そこでカレーが温まったようだ。

お皿を出して、ライスにルーをかけて、スプーンと一緒に差し出してみる。

すると黒犬様はカレーを食べて、一口ボソリとこう呟いた。

「……辛い」

そりゃあカレーだもん。

っていうか……と、私はとある事実に気づいて「あっ」と息を呑んだ。
つまりはこの人――

――お子様舌なんだ。


その証拠に、カレーにはそれ以上口をつけずにコトリと床にお皿を置いちゃった。

あと、何だかちょっぴり寂しそうな表情になっている。

で、仕方が無いので私は黒犬様に水を差し出した。

「お水はいかがでしょうか？」

「いただこう」

カレーはもう食べてくれない感じだし……そろそろお暇しようと思い、私は立ち上がった。

「それじゃあ、次も何か差し入れ持ってきますね」

「……アリス」

「なんでしょうか？」

「喋りかけるなとはもう言わん。だが、今後も無駄には話しかけるな。俺は馴れ合いは嫌いだからな。それで――」

「それで？」

「次は何を作ってくれるのだ？」

「カレーです！　そんなに辛くないカレー作ってきますので、リベンジさせてください！

それと黒犬様？」

「何だ？」

「無駄には話しかけませんが、門を通る時はご挨拶くらいはさせてくださいね。せっかくここに一緒に住む仲間になったんですから……」

「……仲間ではない」

「……え？」

「俺はお前とは一緒に戦場に立ったことはない。俺にとって仲間とは戦友のことであり、お前はまだその領域には遥か遠いだろう」

まあ……。

そりゃあ、そうだよね。

ご飯の差し入れくらいでいきなり仲良し面されても、そりゃあ「何だコイツ」って感じになるのも無理はない……か。

と、かなり凹み気味になって私がトボトボと帰ろうとしていると、後ろから黒犬様の声が聞こえてきたんだ。

「甘口で頼む」

「……え？」

「カレーの味付けだ。辛くないのではなく——甘口だ。そうすれば食ってやらんことも無い」

「はいっ！」

まあ、気難しそうな人だけど、悪い人では無さそうだね。

そう思い、私は食堂へと向かったのだった。

†

そしてその日の夕方——。

魔法学院本日の授業終了のチャイムが教室内に響き渡る、そんな特待生の教室の中で——私は浮いていた。

無能だった時と同じく、クラスメイトたちは私を遠巻きに眺めてて……っていうか、こっちをチラチラ見ながら話をしてるし、これもやっぱり以前と同じ。

で、今回のこれは無能だとか、あるいは有能だとか、そういった理由じゃない。

理由は単純、ただ一つ。


――ベアトリス＝ハイゼンに盾突いた。


大貴族であるベアトリスに正面切って喧嘩を売った人間と、誰が好き好んで友好関係を築きたいと思うのだろうか。

しかも、ベアトリスの性格が最悪ということは、学院内では常識なわけで――。

実際問題、私と関われば、どんなとばっちりを受けるか分かったものではない。

まあ、そんな状況なので、この反応は当たり前といえば当たり前なんだけど、やっぱりちょっと寂しい気はする。

と、その時、教室前方のドアが勢い良く開かれた。

そして、教室内の一同の視線が入室してきた縦ロールの少女に向けられたんだ。

「なんで学院最悪の……あんなめんどくさい女がこの特待生クラスにいるんだよ……」

「決まってんだろ、アリス＝セシルに因縁つけに来たんだろうよ？」

そんなギャラリーたちのヒソヒソ話を知ってか知らずか、ベアトリスは真っ直ぐに私に向けて歩を進めてきたんだ。

「アリス様、ご機嫌よう」

「こんにちはベアトリスさん……それで何の用ですか？」

私の問いかけに、ベアトリスはニッコリと微笑んだ。

「ご一緒に下校しませんこと？」

「……断ったら？」

「その場合は学院に居られなくなるように、圧力をかけさせてもらいましょうかね」

ああ、本当にめんどくさい……。

と、私は深く溜息をついて首肯した。

夕暮れの街。

石畳の大通りを離れて、道はどんどんと寂れたものとなっていく。

「で……どこまで連れていくつもりなんでしょうか？」

「ふふ、それは着いてのお楽しみですの」

「ところで、大貴族のお嬢様がこんな路地を二人で歩いても大丈夫なんですか？　人通りもまばらで……例えば、ハイゼン家の政敵が誘拐を狙っていた場合、今現在はなかなかの好機では？」

あら？　とベアトリスはウィンクを行った。

「ご心配なく。だって、この路地にいる人間……全員、ハイゼン家で雇った人間で固めておりますもの」

パチリとベアトリスの指が鳴る。

合図と同時に、路地の全員が私を取り囲む形になった。

「……なるほど、そういうオチですか」

「さて、籠の中の未開の原住民となったわけですが、今……どのようなお気持ちで？」

「まあ、良くはありません。それで、このままここで私はリンチを受けるのでしょうか？　それともズダ袋に入れられて別の場所に移されるのでしょうか？　あるいはこのまま、その辺りの民家に押し込まれる形になるのでしょうか？」

うーん……と、しばし考え、ベアトリスは得意げに右手と人差し指を交差し、バッテンのマークを作った。

「ざーんねんっ☆　どれも不正解ですわっ！　正解は……事前に仕込んだ――転送魔法ですのっ！」

と、そこで、路地の石畳に五芒星の魔法陣が光った。

「キャハハハッ！　ねえ、アリス？　驚いた？　驚いちゃいました？　これって第三階梯の転移魔法ですのよ？　それも、たった一人の御方が、たった一時間で仕込んだトラップな

のですわ。それくらい、ワタクシ――いや、ハイゼン家は本気で貴方を潰しにかかってお
りますの。ねえ？　ねえ？　驚きましたか？　ねえ、今どんな気持ちですの？　第三階梯
を単独で使用可能な存在が、貴方みたいな小娘を全力で狩りにかかっておりますのよ!?
くく……ははっ！　キャハハハーっ！」
「……」
無言の私にベアトリスは更に畳みかけてくる。
「そう、貴方に残されているのは破滅の未来しかないのでございます。簡単に死ねるとは
思いませんことね？　発情オークの群れに裸で投げ捨てるも良し、手足を切り取って拷問
も良し……キャハっ……キャハハハハーっ！　とにもかくにも……それじゃあ参りましょ
うか――」
ベアトリスの言葉と共に、魔法陣から溢れた白の発光に、周囲は包まれた。

サイド：ベアトリス＝ハイゼン

光が収まると同時に、アリスは周囲を見渡しこう言いましたの。

「ここは……廃教会？」

そう、確かにここは朽ちた廃教会。

天井のステンドラスはひび割れ、壁は所々腐り落ちております。

本来であれば貴族のワタクシがいるような場所ではないのですけれど、まあこの際、そんなことはどうでも良いのです。

教会講堂中央の場所で、ヴラド様は横たわる死体を積み上げて、それを椅子替わりに座っておりました。

「ヴラド様……こちらの死体は？」

そう尋ねると、ヴラド様は億劫そうに溜息を一つ。

「Aランク級冒険者が一名に、Bランク級冒険者が五名と言っておったな。どうにも、我の覚醒を察知した輩が……けしかけてきたらしいわ。恐らくはハイゼン家を恐れる政敵だろう」

Aランク冒険者といえば、お兄様をも超えるモンスター……。

戦術兵器とも呼ばれ、魔法使いであれば第二階梯の魔法を使いこなす……規格外中の規格外でございますの。

それがBランクを五人も従えているとあれば、大げさではなくそれは――騎士の大部隊に匹敵するような戦力でございますわ。

それをモノともせずとは――

――無敵っ！

まさに、無敵でございますっ！

そんなのが神出鬼没に、証拠も残さずに暗殺者としてどこにでも出入りしてくるのですから、そりゃあ他家にとっては……こんなの反則以外の何物でもないですわねっ！

「Aランク冒険者をものともしない。流石は真祖の吸血鬼たる至高なるお方でございますわねっ！　フハっ……キャハハっ……キャハハハッ！　ハイゼン家に産まれたワタクシは……やはり、ついていますわっ！　ヴラド様に守護されしハイゼン家であれば、やがては皇帝陛下の権力をすら凌駕することも夢ではない……クフっ……キャハハっ！　キャハハハハッ！」

「我はこの者の血を吸おうと思うが、吸い尽くして殺しても良いのか？」

「いえ……動けなくする程度で止めて下さいませ。そのままハイゼン家の屋敷に輸送しようかと思いますわ。なんせ私のペットのオークが発情期に入っておりますので」

「悪趣味なことだ」

呆れるように肩をすくめるヴラド様。そんな彼にアリスはこう問いかけた。

「貴方、真祖の吸血鬼なんですよね？」

「……如何にも」

「真祖の吸血鬼と言えば伝承上の……闇の最高位存在ですよね？　それが……何故に人間の言うことを聞いているんですか？」

ふむ、と足を止めてヴラド様は顎に右手をやったのです。

「まあ、色々あってな。ともかく——我は貴様そのものには興味はないが、貴様の背後に見え隠れする連中に興味があるのだ」

「私の……背後？」

「私は飽いているのだよ、ただの蹂躙劇にな。絶対を誇るこの力を……こんな小物たちのくだらぬ願いに浪費される日々。それはそれは耐えがたい苦痛だよ。だが、貴様の背後にいる者となら、血沸き肉躍る戦いができそうだ……とな」

と、そこでヴラド様はパンと掌を叩いたのです。

「それでは、おしゃべりはここまでだ小娘」

アリスの眼前まで歩み寄ったヴラド様は彼女の首を右手で握りしめ、そのまま片手で体を持ち上げたのです。

頸動脈の血流が止められ、見る間にアリスの顔は色を失っていきます。

ふふ……本当にいい気味ですわ。

「血を吸われた後はハイゼンの屋敷で飼われ、可哀想なことになるだろうな。まあ、我としてはムシケラが如き人間など……どうなろうがどうでも良い話だが」

そして、アリスは震える掌で、胸元に吊られていた白く四角い――趣味の悪いアクセサリーを強く握りしめたのです。

「……シノブ……様……っ！」

アリスの言葉と同時に、胸元の白く四角い何かから――闇が溢れましたの。

同時に、アリスの周囲に黒い紫電が発生し、ヴラド様は弾き飛ばされるように後方に十メートル程度吹き飛んでいきました。

「……ぬ？　少女……だと？」

ズザザっと、地面を滑るように綺麗に着地したヴラド様は小首を傾げられました。

その彼の視線の先、アリスの傍らには――妙にゴテゴテしたフリルの服を着た少女がすまし顔で佇んでいたのです。

貴族の服をベースにしているようですが……派手な癖に暗い印象を受けますね。

まあ、気だるそうな顔をした珍妙な服装の少女……と、いうのがワタクシの印象でございます。

「あら、戦闘や抵抗の形跡は一切なしのなすがままって感じかしら？　アリスなら私を呼ぶ前に、多少は相手に噛みつくと思っていたのだけれど――まあ良いわ。あんまり無茶をやられて危険な目に遭われても困るしね。歯向かわずに私を素直に呼んだのは好判断よ」

「貴様……名は何という？　我はヴラド――真祖にして最強の吸血鬼なり」

「あら、真祖ということであれば、私もちゃんとしないといけないかもね。良いわ――教えてあげる」

すうっと大きく息を吸い込み、少女は胸を張って名乗りを上げた。

「日いずる国の三大貴神が一柱――常闇（とこやみ）の支配者にして月の神：月読命（ツクヨミ）。それが貴方に死を告げる者の名前」

あれ……と、ワタクシは小首を傾げざるを得ません。

ひょっとして……ひょっとしてですけれど、このツクヨミとか名乗った女……ヴラド様に対峙しようというのですか？


――無謀、まさに無謀でございます。


絶対にして最強の夜の支配者に対して、何者かは知りませんが……これはお里が知れるどころの騒ぎではございませんでしてよ。

「キャハハっ！　ねえねえ貴方？　ヴラド様とやる気なの？　馬鹿なの？　馬鹿なの死ぬの？　貴女、この至高なる御方を何と心得ているの？　そう、この御方こそが真祖の吸血鬼――トゥルーヴァンパイアですのよ？　それはつまり、最強の代名詞で、絶対無敵を意味する――」

と、そこでツクヨミは私に顔を向け、露骨に眉をひそめたのでした。

「……貴方うるさいわね」

言葉と同時に、ツクヨミは腕をシュっと振りました。


――裏拳。


「……ふぇ？」

気づけば、ワタクシの鼻から盛大に鼻血が噴き出していたのでした。

続けて訪れるのは激痛で――

「痛い、痛いっ！　痛い痛い痛いっ！　痛いでございますわあああああっ！」

思わずその場にひざまずき、鼻を押さえてワタクシは絶叫しました。


――鼻が……ひん曲がっていますわっ！

このワタクシの鼻がっ！

美しいワタクシの顔がっ！

蝶よ花よと育てられた、ハイゼン家の——ワタクシがっ！

ありえない！　こんなのはありえて良いことではないのでございます！

そうしてワタクシはツクヨミを睨み付けながら、呪詛の文言を投げかけたのですわ。

「殺してやる殺してやるっ！　手足の先から一ミリずつ削ぎ落としてダルマにして、発情オークの群れに放り込んで……死ねっ！　死ねっ！　大貴族たるワタクシに——」

「……私は、うるさいから黙れと言ったつもりなのだけれど。理解してもらえなかったようで哀しいわ」

ツクヨミが足を振り上げると同時に、ポキュっと、私の顎で何かが破裂するような音が鳴ったのです。

「イ————ッ！　ヒギィいいいいいいいいっ！」

顎骨が、粉砕されたということで間違いないでしょう。

ワタクシは床をのたうち回り、ただただ叫び声をあげることしかできません。

そうして、ツクヨミはそんなワタクシを歯牙にもかけずに、ヴラド様に向き直ったのでした。

「……さて。この金髪縦ロールが言っていたことなのだけれど……一つ質問をしても良い？」

しばし考え、ヴラド様はおっしゃいました。

「ふむ、何だ？」

「……真祖の吸血鬼と聞いたから、ノリでこっちも思わず名乗ったわけなのだけれど……どうにもおかしいのよね」

「おかしい？」

「真祖の吸血鬼とは、トゥルーヴァンパイアのことだと思うのだけれど…………誰が真祖なの？」

発言の意図が掴めない、という風にヴラド様は小首を傾げられました。

ってていうか、ヴラド様！　そんな無駄話はどうでもいいから、早く……早くその女を酷い目に遭わせてくださいましっ！

「真祖たる吸血鬼とは、それはつまり我のことだが？」

と、そこでヴラド様と同じく、ツクヨミもまた小首を傾げたのです。

「……良く聞こえなかったわ。真祖たる……誰？」

その問いかけに、困惑の色を浮かべてヴラド様はこうおっしゃったのです。

「いや、だから、真祖たる吸血鬼とは……つまり……我だ」

その言葉でツクヨミは大口を開いて、呆然とした表情を作ったのです。

「……貴方、眷属は作れるの？」

そしてそのままツクヨミは後ろに倒れそうになりましたが、その場で踏みとどまりました。

「無論だ。我が血を吸った者は……ゾンビとなる」

と、そこでツクヨミは再度の驚愕の表情を浮かべたのです。

「……どうして真祖の吸血鬼が眷属を作る目的で血を吸って……ゾンビになるの？」

真顔でツクヨミに聞かれたので、ヴラド様は動揺を隠せないお顔でたじろいだご様子です。

「…………えっ？」

「……真祖というのは吸血鬼の大元、最初の一名ってことよね？　一番初めに吸血鬼となり、他の吸血鬼の生産を始めた者だから、真祖の吸血鬼だということだと思うのだけれど。まあ、最初の一名って言っても何人かいるけどね、アルカードとかカーミラとか」

「それは……」

「……ともかく、どうして真祖の吸血鬼が血を吸ってできる眷属が、吸血鬼では無く……ゾンビになるの？　私には理解ができないわ」

「…………確かに……確かにそうかもしれん。これは一体どういうことだ!?　確かに——言われてみれば我も何かがおかしい気がしてきたぞっ！」

はあ……と、ツクヨミはそこでポンと掌を叩いた。

「ようやく貴方が誰か分かったわ。まあ、そうなるのも無理は無いわね——つまり、そういう設定ってことなのよ」

「設定？」

「……真祖とは夜の神である私に匹敵とはいかないまでも、そこそこは張り合えるような……本物の夜の王のことよ。事実、私の知人である真祖：カーミラは第五階梯の召喚魔法でないと呼び出せないわけだし」

「カーミラ？　誰だそれは？」

ヴラド様の疑問には応じず、ツクヨミはやれやれとばかりに肩をすくめた。

「私を夜の神、そしてカーミラを夜魔の王と例えるのであれば、貴方はせいぜいが夜の街——歌舞伎町の帝王といったところかしら」

と、そこでヴラド様は、オウム返しとばかりにこう言ったのでございます。

「カ、カ……カブキチョウ？……貴様……何を……言って？」

「教えてあげるわ。昔々、あるところに——闇の錬金術師に作られた人造ヴァンパイアがいました。つまりは貴方のことね」

「……」

「真祖の吸血鬼を超えるべく生涯の研究をかけて作られた……そんな貴方が失敗作だったという事実に、闇の錬金術師の精神は壊れたのよ」

「……どういうことだ？」

「精神が壊れた彼は、貴方を真祖と同等の存在と思い込んだ。そして、貴方に真祖であるヴラドの名を与え、偽の記憶を植え付けたのよ。そうして起きたのが、偽真祖イベントのゾンビハザード……まあ、中盤のありふれたイベントの一つなのだけれど」

「……それでは……我は……まさか……」

「その通り。そのアメリカンコーヒーよりも遥かにうっすいヴァンパイア臭——つまり貴方はヴァンパイアですらない、ただのレッサーヴァンパイアなのよ」

「レッサーヴァンパイア……ヴァンパイアの下位種……吸血鬼の出来損ない……」

ヴラド様は、ただただその場で呆然としております。

そして、クックック……とヴラド様はそこで笑い始めたのでございます。

「フハハっ……なるほど、つまりは貴様が我が待ち望んでいた愛しき死神ということか……っ！」

「……愛しき死神？　どういうこと？」

うんと頷き、ヴラド様はおっしゃいました。

「貴様が我の死に場所ということだ。しかし、なるほど……何故に転生者たる我が主人が、真祖たる我をこのような小物の家に授けたのか、ようやく合点がいったぞ」

「……それで？　愛しき死神って……？　私はそこが非常に気になるのだけれど」

「我は……生きることに飽いていた。主人に見捨てられたことには気づいていたしな。そして目覚める度に小物の小間使い……つまり、全てに絶望していた我は死に場所を探していたのだ」

そうしてヴラド様は顔を喜色に染めて、言葉を続けたのです。

「くだらぬ小間使い、くだらぬ闘争、くだらぬ蹂躙。何故に生きているかも分からぬようになった我だが、吸血鬼が故に老化も無い。そりゃあ絶望したものだよ――このまま、こんな小間使いで永遠の時を生きるのか……とな。しかし、全ての事実を知ったとして、それでも我の精神は誇り高き……夜の王なのだ。感謝しているぞ……っ！　我はようやく最高の死に場所に出会えた。貴様のような美しき……いや、愛しき死神となっ！」

「……なるほど。理由が分かったところで――愛しき死神という呼称はやめてもらいたいわね。気持ち悪いから」

と、そこで、自嘲気味にヴラド様は笑われたのです。

「闇に生きる吸血鬼たる我の言いぐさではないが、最初で最後の神への感謝をここに捧げようか。さて、始めようか愛しき死神よ――第三階梯：飛翔（エリアルスイミング）」

と、そこでヴラド様は「ふわり」と宙に浮かび上がったのです。

「我の最後の戦いだ。討ち取ることは叶わずとも、せめて我の生きた痕跡を……貴様の肌に……傷という形で残そうぞっ！」

ヴラド様は瞳を閉じ、体内の魔力の調整を始めました。

すると彼の周囲に、黒色の闇の球体が幾つも発生し、数珠のような形状を作り、高速回転を始めたのでございます。

「――第三階梯最上位炎魔法：黒炎（ダークソウル）」

そうして、高速回転していた黒球の一つがツクヨミに直撃しましたの。

着弾と同時に、けたたましい爆発音と共に、ツクヨミを中心として猛烈な黒き爆発が起こります。

廃教会内に烈風が吹き荒れ、建物全体がミシミシと揺れて……第三階梯魔法の威力にワタクシは思わず息を呑んでしまいます。

と、そこでヴラド様は更にパチリと指を鳴らしました。

すると、彼の周囲を回転していた残りの黒球が、次々とツクヨミへと一直線に向かっていったのです。

ドンっ、ドンっ、ドンっ、ドンっ。

続く破裂音、爆裂音。

次々に咲き乱れる黒い炎の華。

全ての爆発が終了すると、周囲は埃と粉砕された木材の塵に包まれ、視界が完全に失われました。

　そして、埃と塵が収まるにつれて、爆心地に佇むシルエットが徐々に明確になっていったのでございます。

　と、視界が完全にクリアーになると同時に、ヴラド様は驚愕の表情を浮かべられたのですわ。

「無傷……とな？　第三階梯の最高位魔法……だぞ？」

「……私は闇の最高位存在。故に、闇属性の第三階梯が通用するわけがない。あるいは第四階梯であれば、衣類に乱れ程度は起きたかもしれないのだけれど」

「……良い、良いぞ……っ！　ああ、愛しの死神よ……っ！　絶対なる強者よ……っ！　牢獄とも言えるこの生から、我を解放してくれっ！　そう、貴様こそが……貴様との血沸き肉躍る戦場こそが……我の最期にふさわしいのだっ！」

　と、やれやれとツクヨミは肩をすくめた。

　そして、けだるそうにツクヨミは言い放ったのです。

「……貴方、勘違いしているようね」

「勘違い？」

「……まさか、私が、貴方と、戦闘をしてあげていると？　そんな冗談を言われても笑えないわ。私は貴方の攻撃に対して、回避行動も何もしていない。ただ、そこに無防備で突っ立っていただけ……」

「どういうことだ？　我に……死は……与えてはくれぬのか？」

悲し気なヴラド様の声を受けて、やれやれとばかりにツクヨミは振り返った。

「……死は与える。貴方はアリスに手を出したのだから。我がイザナッハの眷属に喧嘩を売った罪は――何よりも重い」

「おおっ！　やはり我と戦ってくれるのだな？　死を与えてくれるのだな？」

そこでツクヨミはパチンと指を鳴らした。

「……第五階梯：腐敗と死の濁流（トイズボックス）」

するとヴラド様の眼前数十センチの所に、高さ三メートル、幅二メートル程度の巨大な赤色の棺桶が、直立の状態で現れたのです。

「……棺桶は黄泉につながっているわ。それでね――この棺桶は、本来はこの場所に闇の眷属を無限に召喚するためのゲートなの」

「けれど」と、ツクヨミは言葉を続けた。

「……今回は貴方を生きたまま黄泉に招待する。そして貴方はそのままそこで朽ちるのよ」

棺桶が開き、その中から無数の亡者の手がヴラド様に伸びてくる。

「……これが……黄泉？　この光景が……黄泉なのか？　いや、待て！　我に死を与えるのは愛しき死神であるべきだ……そのような場所で我は朽ち果てる訳にはいかぬっ！」

「……さっき言ったでしょう？　愛しき死神という呼称はやめてと……。実際、鳥肌が立つくらいに気持ち悪いわ」

そして……と、ツクヨミは楽し気に続けた。

「つながる黄泉。本当なら第三階梯級の召喚獣が湧き続ける無間地獄なのだけれど——今回は貴方のリクエストに応えてあげる。特別に第一階梯の本物の雑魚ばかりが無限に湧くフィールドを用意したわ。勿論、そのフィールドでは貴方は本当の強者ね……すぐには殺されないと思う。けれど、何日……あるいは何週間持つかは分からないけれど……いつかは死ねるから。リクエストどおりにね」

ヴラド様のお顔から、見る見る血の気が引いていきます。

棺桶から伸びる、無数の亡者の手。

と、足を掴まれたヴラド様は転倒し、うつぶせの状態となったのです。

「……助けて……助けてくれっ！　いや、殺してくれ死神よっ！　お前の手で……っ！先ほど見えた棺桶の向こう側……無数のゾンビ……我の最期が……あのような下級の、一山幾らの雑魚に……疲れ果てた所を貪り喰われる……それだけはっ、それだけは耐えられぬのだっ！」

「……ひょっとして、まだ分からないの？」

そしてツクヨミは腰に左掌を置き、黒の絹髪を右手でかきあげながら、けだるそうにこう言い放ちました。

「……貴方もまた、一山幾らのただの下級の雑魚なのよ」

そして――。

ツクヨミの言葉と同時に、ヴラド様は棺桶に完全に引きずり込まれたのです。

「ごめんなさいね。優しくできない性格で」

「ぎゃああああああああっ！」

「悪いのは貴方よ。だって私……気持ち悪いからその呼び方はやめろと何度も言ったもの」

と、言葉と同時に、棺桶の蓋はパタンと静かな音と共に閉じられて――瞬時に棺桶は、その場から消えてしまいます。

そして私は――


――ええええええええええっ⁉


と、ただただ放心状態になって、その場で口をパクパクさせることしかできませんの。

いや、途中から完全に呆然自失の状態で、ただただ目の前に広がる非現実的な光景を見ることしかできませんでしたけれども！

何者ですの!?

ツクヨミって何ですの!?　っていうか、なんでこんなのがアリスと縁を持っているんですの!?

も、もう……完全に意味が分からないですわっ!

「さあ、帰りましょうかアリス」

と、ツクヨミがそう言ったところで「はてな?」と彼女は小首を傾げたのでございます。

「……」

「……アリス?」

「……」

アリスは微動だにせず、喋りもしません。

そうしてツクヨミはアリスの右頬に触れて、舌打ちをしましたの。

「……傀儡(くぐつ)」

その言葉と同時に、アリスはドロリと溶けて、スライムみたいになって地面に広がっていきましたの。

「やられたわ……。転送の瞬間に中身だけをすり替え、アリスの服や、持っていたお守り——私の核までをも共にってことか……」

そうしてその時、確かにツクヨミの表情に微かな焦りの色が見えたのです。

「継続時間は五分程度だけど……それでも本人と全く同じ記憶と人格を複製ってところね。こんな魔法はラヴィータオンラインには存在しない……魔法の難度としては第五階梯、あるいは第六階梯？　これは……ちょっと良くないわよ、シノブ君」

サイド：アリス＝セシル

海辺の丘陵地。

背後は断崖絶壁の大海原で、私の眼前ではベアトリスの父であるカシン＝ハイゼンが泣き叫んでいた。

「さて、これでこのゴミも用済みだ」

「あ、あ、あひいっ！」

白の燕尾服——神殺しの放った第二階梯魔法でカシン＝ハイゼンは全身を火達磨にされた。

「うぎゃあああああっ！」

絶叫をあげる彼は駆け出して、私の横を通り抜け——崖の方向へ。

そしてそのまま、カシン＝ハイゼンは水面まで百メートルはあろうかという海へと落下していったんだ。

火の苦しみから逃れるために、水を求めて……といったところだろうか。

でも、ここの海は……深さが無い。

だって、ここからでも水面から海底の岩場まで……数十センチしかないだろうと視認できるような状況なんだもん。

これはもう、絶対に助からないだろうね。

と、そこで私は神殺しに尋ねてみた。

「何故……また私のところに現れたのですか？」

「転生者だよ、つまりはお前の飼い主のことだ」

「……転生者？」

「死にゆくものへのせめてもの手向けとして、私は冥途の土産という言葉を大事にしているものでな……良いだろう、教えてやる。俺が世界各地で、お前のような人間を作っているのには理由が二つある」

「経験値の肉袋……そういう話でしたよね」

その問いかけに、神殺しは大きく頷いた。

「百年前に現れた転生者たちはこの世界の守護神たちを狩り回り、まずはレベルアップによるステータス補正を……この世界の民から奪った。次に奴らが行ったのは、高位クラスの魔物の湧き場の占拠だよ」

「……つまりは私たち全体の弱体化が狙いということですね？」

「そのとおり。そして、結果として我々のような特殊例を除いて……現地人のほとんどは転生者たちによって、完全に牙を抜かれてしまった」

「……我々？　他にもいるのですか、貴方のような存在が？」

私がそう呟いた次の瞬間、神殺しの左右には二人の男が立っていた。

瞬間移動？　そうとしか思えないような、唐突な出現だった。

「神殺しとは——つまり至高の三賢者、かつてそう呼ばれていた者たちの成れの果てだ」

至高の三賢者といえば、百年前に実在していたという伝説の存在だよね。

その力は、大地を割り、海を切り裂き……レベルに至っては80を超えていたとも。

まがうかたなき当時の人類最強であり、弱体化する前の人類からしても、それは正にそうだった。


——至高の一言だ。

「当時は不老の力もそこまで珍しいものでもなくてな、人類にもレベル50を超えた者もいくらかいた。が……まあ、私の仲間や友は……全て転生者に殺されたよ。奴らの支配する世界にとって、我らのような存在は……単純に邪魔だったんだ」

「目的は復讐……なのですか？」

「それもあるが、それだけではない。単純に気に食わないんだよ……ある日突然やってきた侵略者たちが圧倒的な力を使って、全てを蹂躙していったんだ。強者は排除し、彼らの身の回りを支える奴隷だけを残す形でな。そして、対抗する力がある以上、我々には世界の盾となる義務がある」

「だから、強くなるために貴方たちは……私のような存在を作り、人間を狩り始めたと？」

「そのとおり。恨みを持った者は、否でも自身を強化してくるのでな。気の遠くなるような時間と執念で、ありとあらゆる方法を思考し実行し経験値を自身で稼ぎ、そして肉体の最盛期に我々の前に立ちふさがる――ま、そうして経験値の肉袋が完成するわけだ。事実、我々のレベルはここ百年間で全員が90を超えた」

「……お題目は立派だと思います。ですが、やっていることは最低ですね」

「誉め言葉と受け取っておくよ。それで二つ目の理由だが――まさか本当に釣れるとは思わなかったので驚いている」

　ニコリと笑ってそう言う神殺しに、私は「はてな」と小首を傾げる。

「釣れたって……どういうことですか？」

「ああ、転生者も一枚岩ではないのだよ。本来、奴らは裏の世界の奥底に蠢く存在だ。故に表に出てくることはないが――たまにいるのだよ、離脱者が」

「離脱……者？」

「冒険者等のギルドとは異なる組織。何故に奴らがギルドと呼んでいるかは知らんが、ともかく奴らは複数ある転生者の派閥のどれかに属していてな。そしてギルドから離脱し、独自にそれ以外の勢力を作ろうとするならば……どうすれば良いか分かるか？」

「この世界の住人……彼らからすると現地人を引き入れる手段ですね」

「そう、お前のように四大精霊と契約ができなかった者を探し、レベリングを施すわけだ。それに我々としても流石に……転生者のギルドそのものには立ち向かえない。だから、単独行動のハグレの転生者を常に追っていると……そういうわけだ」

なるほど……。

そして私は転生者をおびき出すためのエサとして機能して、実際に……シノブ様と出会ったと、そういうことか。

「では、貴方は……どうしてカシン＝ハイゼンとのつながりがあるんです？」

「今まで我々が屠ってきた転生者は九名。そいつらは全てギルドから抜けた連中だ。その手の輩は……ギルド内での表の世界に対しての不干渉という禁を破り、現地の有力貴族と暗につながりを持つ場合が多い」

「なるほど。それで貴方は、カシン＝ハイゼンを使って転生者の情報を集めようとしていたのですね。でも、カシン＝ハイゼンは用済みってわけでは……ないんじゃないでしょうか？」

「今回の件で奴はヴラドを失った。転生者側のほうが不審に思い、もう二度と接触は取らぬだろうよ」

「それでは最後の質問です。転生者を釣り上げたというのに、何故に私を生かしている……いや、攫ったのです？　転生者を捕捉した時点で、貴方の目的は達成しているわけでしょう？」

「単純な話だよ。お前を飼っている転生者の情報が欲しい。転生者の人数、保有戦力――いかな我々といえど、勝てない敵には仕掛けんし、勝てるにしても策は弄する」

と、そこで私はシノブ様に貰ったアーティファクト……ツクヨミ様を呼び出すためのオマモリを探るために、胸元に手をやった。

「助けを呼ぼうとしても無駄だ。貴様の持っていた超高位召喚獣であれば、囮（デコイ）の方についていってもらった」

「……」

「他にも、そこの崖のところからこちら側……百メートルほどの場所まで魔術通信はおろか、如何なる察知能力も阻害する結界を張っている。どうにもならんよ」

さて、これは困った……。

と、そこで私は後ろを振り向いて状況を確認する。

後ろは断崖絶壁で逃げ場はなく、眼前には神殺し。

これはちょっと……どうにかできる状況とは思えないね。

「情報を喋れとは言わん。お前は芯が強そうだ」

「ええ、拷問にかけても、あの人たちが不利になるようなことは——」

「そもそも拷問にかけたとしても真偽不明だしな。それならば頭蓋骨を開いた上で、脳の中身を魔法で直接覗いた方が早い」

やっぱり、不味いね。

そういうことなら、私が喋るとか喋らないとか以前の問題になってくるわけで……。

と、なると……私に残された方法は、もうこれしかないか。

「さて、さすがに話が長くなりすぎている……冥途の土産はもう良いか小娘？」

と、私はそのまま背後を振り返り、断崖絶壁に向けて駆けだしたんだ。

「何をするつもりだ!?」

「死人に口なしという奴ですっ！」

どうせ、殺されるのは確定しているんだ。だったら——

——私はシノブ様の、いいえ……イザナッハのみんなの足を引っ張りたくはない。

情報を抜かれて殺されるか、抜かれずに殺されるか……そんなの考えるまでもないもんね。

すぐに崖の端っこまで辿り着いて、私は迷うことなく空を飛んだ。

「はは、馬鹿な娘だっ！　我々が死体から情報を引き出せないとでも思ったか？」

「――――っ!?」

それは本当に想定外だ。

このままじゃ本当に……ただの犬死になってしまう。

が、時は既に遅し。

落下速度はグングン上がり、物凄い勢いで海が迫ってくる。

ああ、こりゃあ……もうダメだ。

「ごめんなさい……シノブ様」

「いや、俺のミスだ。怖い思いをさせてすまない」

気づけば、私は宙に浮いていた。

そう、私は――シノブ様に抱かれて、空に浮かんでいたんだ。

「……え？」

そして私を抱きかかえるシノブ様の両脇には、ガブリエル様と黒犬様の姿が見える。

「見つけて……くださったのですか？　イザナッハは遥か上空――いや、でも……シノブ様はそういう御方ですね。不可能を可能にしてしまう……そういう方です」

「いや、さすがに俺も何でもできるわけじゃない。ガブリエルにしたって、ツクヨミにしたって、何十キロも離れてる相手をピンポイントで見つけるのは不可能だ」

「だったら、どうして？」

「黒犬だよ。こいつは千里の魔眼を持っている。あらかじめロックオンしている仲間の座標であれば……阻害結界の外でなら、いつでも把握できるんだ。それと、お前の今のジャンプで索敵阻害の範囲を抜けたのも大きい」

と、そこで私は黒犬様に視線を向けて――

『俺はお前とは一緒に戦場に立ったことはない。俺にとって仲間とは戦友のことであり、お前はまだその領域には遥か遠い』

確かあの時、そう言っていたじゃないですか、黒犬様……と、思ってしまう。

ああ、でも……以前、シノブ様は『素直じゃないけど、犬みたいで可愛い奴』と言っていたけど……なるほど。

本当に素直じゃないんですねと、私は思わずクスリと笑ってしまった。

そうして私たちは神殺しがいる崖のところまで飛んで、ストンと着地する。

そのまま、彼らと向き合うことになったところで、黒犬様はボソリとこう呟いたんだ。

「……四川風麻婆豆腐だ。アリス」

「え？」

「俺の好物だ。レシピはイザナッハの図書館にあるから……探せ」

えーっと、これは作って欲しいってことなのかな？

そう思っていると、再度ボソリと黒犬様はこう言った。

「ただし、唐辛子は抜きだ」

「はい、喜んでっ！」

そうして——黒犬様は私を守るように前に立ち、その大剣を構えたのだった。

サイド：飯島忍

で——。

アリスから簡単に事情を聞き、俺は趣味の悪い白の燕尾服の男を睨みつけた。

「この代金は高くつくぞ、クソ野郎」

現地人が転生者を今まで何人か殺してるってことで驚いたが、それより何より――

――こいつはそんな理由で村を一つ焼いて、アリスを奴隷市場に売り払った。


そのことに腹が立って仕方ない。

この世界で転生者が好き勝手やってるってのは事実だろうし、その点については俺も思うところもあるが……それにしたって自己中心的に過ぎる。

「さて、どうやら三対三のようだが……どうするね、転生者？」

いや、どうするもこうするもねーだろと思っていると、相手方の白銀の剣を持った男がニヤリと笑った。

「マトリャーナ。僕はそちらの黒い剣士と一対一の相手をさせてもらうよ。何しろ――僕の魔法剣も、まともな相手がいなくて久しく錆びついてるからね」

黒犬が俺に視線を向けてきたので、小さく頷いて許可を出す。

「お前の剣の腕を見せてやれ」

「……御意のままに」

まあ、相手があの感じなら……黒犬との相性は良いだろう。

「で、ガブリエル。何かあれば俺の回復を頼む」

「……確認ですが――回復に専念ということでよろしいので？」

「ああ、それで構わない」

と、そんなこんなで黒犬と魔法剣士は少し離れた場所でおっぱじめたようだ。

剣と剣を撃ち合う衝撃波――空気の振動が、百メートルは離れてるってのに、ここまで伝ってきやがる。

で、白の燕尾服男はガブリエルに目をやって――

「なるほど、そちらのメイドは見ての通りの天使……回復系か」

「お前については、見た目からはサッパリ分からんがな」

まあ、とにもかくにも趣味が悪い服装だ。

シルクハットなんざ、今どきルパンとかホームズとかの創作系でもやらんだろう。

さて、初手はどうするかと身構えたその時、俺の背後に突然白の燕尾服男が現れた。

「うぐっ！」

背面腎臓殴打（キドニーブロー）。

吹き飛ばされた俺は地面を転がり、立ち上がると同時に前方に飛ぶ。

とりあえずは、距離を取ってての仕切り直しってところなんだが……。

――攻撃……いや、移動が見えなかった。

アリス曰く、こいつらのレベルは90を超えてるって話だが、俺のレベルは80だ。

しかし、たとえこいつのレベルがカンストしてたとしても、いくらなんでも見えないってことはない。ってことは──

「そう、第五階梯：瞬間移動（テレポーテーション）だよ」

今度も背後に現れて、やはり背面腎臓殴打（キドニーブロー）を繰り出そうとしているようだ。

ボクシングの試合なんかでは背面打ちは危険度から反則に指定されてるわけだが、実際のケンカにルールなんて無い。

蹴ろうが殴ろうが噛み付こうが、何でもありだし、むしろ急所は打たなくちゃいけない。

「普通は緊急避難で使うんだけどな。こんな風に──第五階梯：瞬間移動（テレポーテーション）」

と、まあ俺も瞬間移動で背面からの攻撃を避ける。

で、次の瞬間に俺は絶句した。

「何故に攻撃に使うかと言えばだな──それは俺が普通ではないからだよっ！」

俺の瞬間移動の先、更に言えばその背後に現れやがっただと!?

そして炸裂したのは──

──背面腎臓殴打（キドニーブロー）。

こいつ……瞬間移動を使った俺の出現座標をあらかじめ読んでやがったとでもいうのか？

再度吹き飛ばされ、距離を取る形になった。

そして立ち上がろうとするけれど……膝に上手く力が入らない。

地面に片膝をついた俺に、白の燕尾服男は勝ち誇ったように笑ったんだ。

「転生者に対抗するために、一通りのことはかじったよ。近接戦闘では格闘術が一番性に合ったということだ」

「テメエ……どうして俺の出現位置が分かったんだ？」

「格闘術を学んだ時の副産物でね。眼球の動き、筋肉の動き……そして呼吸。君自身が全てを雄弁に語ってくれているじゃないか」

おいおい……コイツ……。

漫画とかに出てくる達人みたいなこと言い出したぞ。

ってか、ヤベえな。

あっちでやってる黒犬もかなり押されてる感じだし、ちょっとコレは……。

「君ら転生者は、転生時に与えられた力に頼り過ぎる。故に——私に付け込まれる」

足に力を込めて、立ち上がる。

で、次は視線を一切動かさずの瞬間移動だ。

「第5階梯：瞬間移動（テレポーテーション）」

今度は予備動作っぽい動きは何もないはず。これでダメなら――


――そして突き刺さる背面腎臓殴打（キドニーブロー）。


再度、痛烈な打撃が俺の背後から襲ってきた。

「ぐはっ……っ！」

さあ、こりゃ不味いな。

と、なると……もうやることは一つしかない。

俺はその場で歯を食いしばって踏みとどまり、振り向くと同時に燕尾服男に抱き付いて

――


「第五階梯：限定魔力暴走（ミニマムスーサイド）っ！」

これはチュートリアルで散々お世話になった、第三階梯の自爆技の改良版だ。

攻撃威力はそのままだけど、全方位爆撃ではなく限定空間――つまりは周囲半径三メートルを焼き尽くすという魔法だな。

まあ、ＨＰもＭＰも三分の一持ってかれるけど、これ以上の威力の攻撃魔法は存在しな

い。

「さあ、どうだっ!?」

バックステップで距離を取り、様子を窺う。

すると、燕尾服男は顔をしかめて、全身が焼け焦げていて……良し、ダメージは通ってる。

まあ、当然ながら俺も焼け焦げててアチコチ熱いっていうか、すげえ痛いんだけど。

と、そこで——俺は絶句した。

なんせ燕尾服男の受けた傷が瞬時に回復したんだからな。

それも、自前の回復魔法じゃなくて……ガブリエルが相手をしているはずの、もう一人の方から飛んできたやつだ。

しかし、こちらも回復ならガブリエルと思ってあっちの方を見ると……ああ、こりゃダメだな。

ガブリエルはもう一人の男に馬乗りになられて、マウントパンチの嵐を浴びている。

「さて、どうやら雌雄は決したようだな、転生者」

「賢者って触れ込みだが、全員が全員……近接戦闘も使えるみたいじゃねーか」

「伊達に神殺しとは呼ばれておらん」

いかんな、黒犬もそろそろやられそうな感じだし、もうこれは仕方ない。

――なら、俺も覚悟決めるか。

と、そう思ったところで、俺はフラリとその場で膝をついたんだ。

っていうか、ダメージを食らいすぎてる。

ぶっちゃけ、立ってるのもやっとってのが本当のところなんだよ。

「……死ぬ前に聞かせてくれないか？」

と、そこで燕尾服男は「ほう」と息を呑んだ。

「転生者にしてはえらく物わかりが良いな。よほど甘い環境で育った奴らばかりなのかは知らんが、負けを悟った時、奴らは通じもしない無様な命乞いをするのが相場なのだが……」

「お前等のその異常な強さ……俺たちとお前は何が違うんだ？」

「何故に……知りたいのだ？」

「自分が負けた……いや、死んだ理由くらいは知っておきたいものだろう？」

俺の問いかけに、しばし考えてから白い燕尾服の男は小さく頷いた。

「――覚悟だ」

「覚悟？」

「お前に仲間を殺された無念が分かるか？　自らの世界が蹂躙される無念が分かるか？　故に、我らは自らを磨き上げた——ここまでの高みにな」

「なるほど……な。最後にもう一つだけ教えてくれないか？　俺たちはレベルアップで勝手に魔法を覚えるんだが、お前たちは違う。お前たちの場合はどうやって魔法を覚えるんだ？　俺とお前たちとの違いは……そういうところにもあるような気がするんだ」

「巻物（スクロール）に書かれた魔術式の一文字一文字を、脳内魔術回路に暗記するように埋め込む。だが、私の場合は少し違う」

「っていうと？」

「外道法師と言われていた時期もあったものでな。禁術書の類だよ」

「……水慧（すいけい）の……大図書館ってことか？」

「左様。あそこの迷宮の魔術書は生きておる。人間の精神を食らい殺すか、あるいは魔法を与えるか——まあ、早く強くなりたいと焦る者のほとんどは魔術書に食い殺される」

「情報提供ありがとう」

と、俺はニコリと笑って礼を言う。

いや、こいつが冥途の土産を大事にする——変なとこだけ紳士的な奴ってのは以前にアリスから聞いて知ってたからな。

しかし、ゲームでは水慧の大図書館では『禁術の書』っていうのがモンスターで出てきたが……そういう使い方があったのか。

良し、これは大収穫ってとこだ。

「何？　どういう……ことだ？」

燕尾服男には構わずに俺はメニューウインドウを呼び出す。

ガブリエルも黒犬も手枷足枷の状態で好き勝手やられてるし、そろそろ解放してやらんと良くないのも事実だ。ってことで——


——職業スキルの宝珠を使用するっ！

☆★☆★☆★☆★☆★☆★☆★☆★☆★☆★☆★☆★☆★

職業スキルの宝珠：レア度　ＳＳＳ級
召喚師に唯一無二のスキルを授ける宝珠です。
授与スキル：神威解放
また、副産物として使用時にＨＰとＭＰの完全回復が行われます。

☆★☆★☆★☆★☆★☆★☆★☆★☆★☆★☆★☆★☆★

お、ご丁寧なことに鑑定結果の説明文まで出てきやがったな。

そう、これはチュートリアルの時に貰うだけ貰って、完全回復機能がもったいないので使ってなかったアイテムだ。

で、スキル：神威解放ってのは――

――召喚獣の全ステータスを１・７倍にするぶっ壊れ性能だっ！

そうして俺は立ち上がり、二人に向けて大声で叫んだんだ。

「ガブリエル！　黒犬！　スキル：神威解放だっ！　もう終わりにしても良いぞ！」

サイド：黒犬

さて……さすがに不味いな。

既に剣と剣を撃ち合うこと数十合。

主君のオーダーは剣の腕を見せろ……とのことだが、どうやら俺の腕ではこいつには届かないのは明白だ。

「……がふっ！」

肺腑から漏れた空気。

脇腹にモロに剣を受けてしまった……な。

横に飛んで距離を取りダメージを確認する。

相手の剣は鎧を貫通してはいない。したがって斬撃によるダメージはないが……衝撃で肋骨が一本持っていかれたようだ。

――そろそろ潮時だが、さて、どうする。

そう思案していたところで、俺の眼前の魔法剣士が口を開いた。

「その力量……驚嘆に値するよ。君の近接戦闘技術は僕と同じ領域に達していると言えるんだからね」

「……」

「だが、惜しむべくはその剣だ。君ほどの使い手に……武器がついてこられていない」

事実、俺の大剣はボロボロだ。

武器を破壊されないように、気を遣って剣を振るっていることを見透かされていたらしい。

「しかし、武器の差もまた力量差さ。ってことで――これで終わりだ」

「ああ、もう――お遊びは本当に終わりらしい」

「……お遊び？」

どうやらこの男には、主君の声が聞こえていないらしい。

まあ、そんなことはどうでも良い……か。

――終わりにしても良いと言われたのならば、その任務を全力で全うするまでだ。

と、俺はそのまま大きく後ろに跳躍した。

「距離を取ってどうするんだい？　君は剣士で、僕は魔法剣士。遠距離での撃ち合いならば、話にならないだろう？」

「我が主君より、本気を出しても良いとの許可が出たのでな」

体内から迸る魔力。

溢れ出る力が、肉を膨張させ、巨大化させ、拘束具——漆黒の鎧を内部から弾き飛ばしていく。

そして、俺は二足歩行をやめ、本来の四足歩行に切り替えた。

「そ、その姿は……？」

「俺の名はケルベロス。地獄の番犬だ」

「な……？　ま、まさか……魔獣を相手に……剣比べをしていたと……？」

変容した姿を見て狼狽する男に、俺は三つの頭を同時に下げた。

「すまなかったな」

「何を謝る……？」

「お前の磨き上げた剣技——積み上げた武と努力は賞賛に値する。同じ武人として、弄んだ形になったことを謝罪しよう」

「……武人？」

「門番と名乗るからには、無論……魔獣なりの格闘術を嗜んでる」

そして、トンっと足に力を入れて水平に跳躍。

更に地面を蹴り、「く」の字を描いて俺は男の背後を取った。

「なっ!? 何だこの速度は!?」

「スキル：瞬連の歩行」

振り向きざまの男の剣を、前足の爪で受け止める。

カキンと高い音が鳴り、男の剣が半ばから折れてクルクルと宙を舞う。

「スキル：豪爪烈火（ごうそうれっか）」

「なっ……!?」

「――せめてものワビだ。武人として全力でお前を屠ろう。スキル：三頭龍突（さんとうりゅうとつ）」

そして――。

三つ頭が男の頭に食らいつくとともに、断末魔の声が周囲に響き渡ったのだった。

サイド：飯島忍

「異教徒とは、レベルを上げて物理で殴るものでございます」

攻守一転。

今度はガブリエルがマウントを取って、相手をタコ殴りにしている。

っていうか、やっぱりここでもいつもの無表情なんだよな。

返り血を浴びても眉一つ動かさずに、ただひたすらに打撃を加えているので何て言うか……めっちゃ怖い。

ま、確かにガブリエルに近接格闘を挑むのは、愚の骨頂だと思う。

と、いうのもガブリエルは大天使ってことで、確かに回復に秀でてはいる。

けど――実はバリバリの近接格闘タイプなんだよな。

装甲を極限まで削って、スピードとパワーの超火力を達成するタイプって言えば分かって貰えるだろうか。

で、回復魔法は、被弾時の自身の緊急避難という意味合いが強いわけだ。

「な、な……何という……っ！」

と、大口を開いてるのは燕尾服男だ。

まあ、絶対優位から一瞬でひっくり返されたので、そりゃあ驚くのも無理はない。

あー……でも、神威解放までは要らなかったかもしれないな。

あいつらが苦戦してたのは、俺が情報聞きだすために敢えて本気を出すなって釘を刺してたのが八割がたの理由だし。

「し、しかしお前は召喚師――お前さえ殺ってしまえば、奴らは瞬時に消え去るっ！」

で、追い詰められたこいつが取る行動は、絶対の自信を持ついつもの必勝パターンというところだろう。つまるところは――

――背面腎臓殴打（キドニーブロー）。

いくら瞬間移動だろうと、読めてる攻撃を受けるほどには俺はマヌケじゃない。

「かわした……だとっ!?」

「ああ、そうそう、お前も知ってるとは思うが……召喚師ってのはその場に出てる配下のステータスの一部が、バフ効果で上乗せされんだよ」

実際、神威解放をした時点で、ガブリエルや黒犬のステータスは１・７倍になってるわけだな。

で、当然ながら俺のステータスも上昇しているってワケ。

「――つまり、当然俺も強化されている」

腰のナイフを抜いて、ヒュオンと一閃。

燕尾服男の頸動脈をえぐり切り、ナイフの軌跡のとおりに血が円弧を描いて舞う。

「さすが、神話級ゴブリンから拾った……神話級のアサシンナイフだ……」

ドサリと燕尾服の男が頽る音が聞こえて、「まさか一発で終わるとは……」と、俺はゴクリと息を呑んだのだった。


――レベルがアップしました。

――レベルがアップしました。

――レベルがアップしました。


うっし、流石は現地人最強クラスの連中だ。

一気にレベルも3アップしたぞ。

「シノブ様……？」

「ああ、分かっている」

ガブリエルの問いかけに、俺は小さく首肯する。

まあ、至高の三賢者とか名乗るくらいだから、持ち物のチェックくらいはしといた方が良いだろう。

有用なものであれば、ここで廃棄ってわけにもいかないし。

そうして俺は動かぬ屍となった三人の装備品を物色していく。

「スキル：鑑定を行使」

次々と剣やら軽鎧やらに鑑定を使っていくが、特に俺にとって有用なものは無かった。

って言っても、現地のレベルからすると恐ろしい効果のものばかりではある。

アリス辺りなら使えそうなものもチラホラあるので収穫としては上々といったところか。

「とりあえず、武器防具アクセサリーの類はイザナッハに運んでおいてくれ」

「了解しました」

と、ガブリエルに命じたところで、俺は燕尾服の男の右目がキラキラと光っていること
に気が付いた。

「スキル：鑑定を行使」

・三賢者の魔眼
至高の三賢者が作り出した索敵タイプの魔導具。

転生システムのフレンド機能から分析して製作されたものである。

転生者の発する特有の魂の波長を掴み、魔力的レジスト能力の低い者の位置を捕捉する。

具体的に言うと、アクセサリー等としてこの魔道具を身に着けていれば、概ねレベル20
以下の転生者の座標が分かるようになる。

なお、現在のところ、この道具を用いたことで四名の転生者が死亡している。

フレンド機能からの分析だって？

そうやって自前で索敵っていうか、転生者用のレーダーを作っていたのか。

ってことは、何だかんだでこいつ等も凄い奴等だったんだな……。

まあ、現地人最強クラスなんだろうから、それは当たり前といえば当たり前なのかもしれない。

そこで、俺は転がる死体に視線を移し、少しばかり感傷的な気持ちになった。

そもそも論で言うと、こいつらは転生者……つまりは侵略者(インベーダー)みたいな連中に対抗するのが目的だったわけだ。

まあ、やり口がゲス過ぎるので同情の余地がないのは間違いない。

けど、もしもこいつらが、手段に対して分別のつくまともな連中だったら……あるいは、

『たられば』の話をしても仕方ないけど、そんなことを思わないこともない。

俺はこいつらと友好的になれたかもしれない。

「しかし、レベル20以下の転生者を捕捉か……」

鑑定によると、この魔導具によって四人も死亡している。

ってなもんで、こいつらがよってたかって転生者を殺害したことは想像に難くないが

……。

しかし、チュートリアル終了後に、恵が低レベルでこの世界に放り出されてたとしたらゾっとするな。

だって、クソ野郎が恵を発見するのが遅れたとしても、その場合はその場合で、こいつらに見つかって殺されてたって話なわけで――


――ん……？


と、そこで俺の頭の中に電流が走った。

おい、おい、オイオイオイ！

待て、待て待て待てちょっと待て！

それって、つまりは恵がこの世界に来た瞬間に居場所を捕捉できるってことだよな？

「良し、これで――恵のログインと共に俺だけが最速で動くことができるっ！」

そもそも、恵との合流方法からして雲を掴むような話だったが……大きく事態が進展した。

ならば、後はクソ野郎から恵を守り抜く武力を得るだけだ。

そう思い、俺は決意と共に拳をギュっと握ったのだった。

エピローグ

～レベル83から始まる異世界無双～

サイド：アリス＝セシル

「お、お友達になってあげないこともなくってよ？」

そんなことを言いながら、ベアトリスが特待生クラスにやってきたのは、放課後のことだった。

あれから二週間——。

吸血鬼ヴラドが消えたことは、どこの筋からリリック帝国の宮廷内に入り込んだか分からないけれど、今では半ば公然の事実となっているらしい。

そしてカシン＝ハイゼンも死亡し、ハイゼン家そのものが失脚して……とにかく宮廷はてんやわんやの大騒ぎみたいだね。

で、各方面に恨みを買っていた家でもあるし、そりゃあもう無茶苦茶なことになっている……と。

あ、ちなみにベアトリスの記憶はシノブ様が改竄しているので、私たちについては上手い感じでごまかしたってことになってる。

「本当にありがたい申し出ですね……」

「お友達になりますの!?　そうですわね！　そりゃあそうですわね！　だって、大貴族たる私が――」

「……けれど、申し訳ありません」

で、まあ……ベアトリスは掌を返したってことだね。

つまりは、特待生クラスで優秀な成績を修めて、一目置かれるようになってきた私に擦り寄ってきたって……と、そんな感じなんだ。

まあ、今、ベアトリスは政敵の伯爵家の養女になって、色々と辛い立場にいるみたい。

確かにそこは可哀想とは思うんだけど――。

「そ、そんなアリス様！　む、昔のことはお互い水に流しませんこと？　もうワタクシ、あなたのことを原住民なんて言わないし、それにワタクシは血筋だって良いし――」

「いや、そういう問題じゃなくてですね……。私、退学するんです」

と、そこでベアトリスは素っ頓狂な声をあげた。

「退学？」

「ええ。学長にも長期休暇前に退学しろって暗に言われてましたし、まあ、本当にそうなっちゃうとは思わなかったのですけど——」

「ど、ど、どういうことですの!? っていうかアリス様! 貴女がいなければワタクシ……ワタクシ……っ! ど、ど、どうすれば! 学校でも家でも針のムシロで——」

いや、そんなこと言われても、私は私でやることあるしね。

あと、家の関係は可哀想だとしても、学校で針のムシロなのは自業自得だと思うよ。

あれだけ好き勝手してて、後ろ盾を失えば……まあ、そうなるのも無理はない。

「それじゃあ、今までありがとうございました」

「待って、待って、待ってくださいまし! アリス様ああああっ!」

そうしてその日——。

私は荷物をまとめて、魔法学院の退学手続きの全てを終えたのだった。

サイド：飯島忍

アムロジルドの街の大通り。

異世界に辿り着いてから初めて遭遇する人混みの中で、アリスが俺に問いかけてきた。

「ええと、シノブ様？　当面の目的はダンジョンなんですよね？」

「ああ、水慧の大図書館の禁術書だな」

燕尾服男の言っていたこのダンジョンなんだが、調べてみると現在は高ランク冒険者に一般開放されているダンジョンとなっていた。

つっても、冒険者ギルドが管理している、ゲーム内での高難易度のダンジョン……っていうか経験値の狩場は、一般開放どころか誰に対しても開かれてないんだが。

表向きは危険すぎるってことで閉鎖封印されてるんだが、まあ、これは単純に転生者の思惑ってことだろう。

「しかし、大きい街ですね」

アリスの言葉通り、確かに魔法学院のあった街に比べると何倍もでかい。

人口も百万人を超えてるってことで、独立自由都市としてはこの世界でも一番大きいんじゃないかな。

と、そこでアリスが俺たちの後ろからついてきているケルベロスに視線をやった。

「ところでシノブ様……黒犬様……いや、ケルベロス様なのですが……」

「いや、皆まで言ってやるな」

はたして、そこには掌に乗りそうなサイズの黒犬がいたわけだ。

っていうのも、ケルベロスは獣化した後には弱体化するというデメリット付きなんだよな。

本気モードの時は、ガブリエルとかツクヨミとタメ張る力をもっているわけなんだけど、神格としては流石にケルベロスではこの一人にはかなり及ばない。

なので、こういう風に全力を出した後は、子犬化するというデメリットが設けられているというわけだ。

ちなみに、どういう理屈かは不明だが、今は頭は三つじゃなくて一つになっている。

「ありがとうございますシノブ様」

「ああ、ケルベロス。お前にも触れられたくないことがあるだろう」

「はい……俺も武人故。シノブ様は良いとして、この生き恥をアリスには……ともかくアリスにはこれ以上はこの姿について触れないで貰いたいワン」

「ワン」と言ったところで、ケルベロスは「はっ！」と大きく目を見開いた。

それを受けてアリスがクスリと笑って、懐から干し肉を取り出した。

「ケルベロスさん、お腹空いてませんか？」

「特に腹は空いてないワン」

「ワン」と言ったところで、今度はケルベロスは悔し気に歯を食いしばった。

ちなみにアリスはニヤニヤしていて、俺も込み上げる笑いをこらえるのに必死な状況である。

　と、そこでアリスが俺に小声で耳打ちしてきた。

「しかし……ケルベロスさんもこうなってしまえば可愛いものですね」

「いや、これでもお前よりは余裕で強いからな？」

「え？」

　そう言うと、アリスはケルベロスにマジマジと視線を送った。

「強いと言うと……どれくらいでしょうか？」

「うーん、レベルにすると30くらいはあるかな」

「そうなんですか……さすがにイザナッハの門番は伊達じゃないですね」

「この姿でどう戦うかは、俺も凄く興味はあるがな」

　なんせ掌に乗りそうなサイズだ。

　しかし……まあ、ステータス上そんな感じのはずだから、数値の上ではマジな話ではある。

「ってことで、ケルベロス。そろそろ袋に入ってもらうぞ。窮屈だろうが我慢してくれ」

「御意のままにワン」

　目的地は屋内ってことで、ビーストテイマーでも魔獣やらの連れ込みは禁止の施設だ。

　なので、俺はケルベロスを旅装の袋に紛れ込ませて、アリスに手渡した。

ちなみに、ケルベロスの役目はアリスの護衛ってことでもある。

この姿だと常時召喚でも消費ＭＰ少ないしな。

そうしてしばらく歩いて、俺たちはようやく目的地に到着することになった。

で、到着するや否や、「うわぁ……」アリスが感嘆の声をあげた。

「シノブ様！　私──こんな大きな建物見たことありません！」

七階建か……。

日本だと普通のマンションくらいの大きさなんだけど、確かに周りの建物に比べると、倍はデカい。

「ま、そりゃそうだろ。アムロジルドの冒険者ギルドっつったら──冒険者ギルドの総本山だからな」

実際に、ここのギルドは世界中の冒険者ギルドの総本部となっている。

つまりは冒険者ギルドを裏で仕切っている──転生者ギルド《暁の旅団》の総本山ともいえるわけだ。

ぶっちゃけ、転生者の組織については気がかりではある。

でも、まあ……アリスの強化のためには水慧の大図書館に行く必要があるわけで、そのダンジョンはここのギルド管轄で、勝手に入ることもできないんだよな。

「ってことで、冒険者ギルド登録だ」

ちなみに、ガブリエルたちはギルドの各種検定の際、《種族》詐称対策の、諸々の装置に引っかかるということで置いてきている。

と、まあ――。

そんなこんなで、俺とアリスは冒険者ギルドの入口ドアを開いたのだった。

†

ギルドの受付広場は人がまばらなのもあってか、とんでもなく広い感じに見えた。

いや、人が少ないとか関係なく、普通にめっちゃ広いなこれ。

まあ、そこはさすがは世界の冒険者ギルドの総本山という感じかな。

依頼の掲示板がズラリと並び、端から端まで眺めるだけで一時間くらいかかるんじゃないかっていうレベルだし……とにかく凄い。

それで、この受付広場には酒場も併設されているようだ。

依頼掲示板エリアと酒場エリアってことで――特に壁とかも無い感じだけど、何となくエリアが二分されている感じ。

と、それはさておき本当に広い受付広場だ。

入口から受付まで歩くだけで、どんだけ距離があるんだよって感じなんだが……と、歩いていると、酒場のエリアから女の人に呼びかけられたんだ。

「おい、そこの君」

「はい、何でしょうか？」

「私はここのギルドマスターでね」

ギルドマスター？

なんで……そんな人がいきなり俺に声をかけてくるんだろうか。

「……何の用事でしょうか？」

訝（いぶか）し気に尋ねると、女戦士といった風の――水色の髪の女は人懐っこくスマイルを浮かべる。

「まあ、ギルドマスターと言っても、冒険者ギルドではなく《暁の旅団》の方のマスターなのだがな」

そこで――俺は周囲の異変に気付いた。

酒場のテーブルの客の視線は全員こちらを向いているし、それ以外の連中も全員俺の方向を注視している。

――その数……十人くらいか？

「現在、冒険者ギルドの中は転生者だけで固めさせてもらっているよ。飯島忍君」

っていうか……不味ったな。

そもそも、こんだけ広い受付広場に、ほとんど人影が無かった時点で……キナ臭い雰囲気に気づくべきだった。

「しかし、まさかいきなり転生者が仕掛けてくるとは思いませんでしたよ」

《暁の旅団》に俺という存在を悟らせないための対策は色々と用意してたんだが……いかんな、全部が無駄になったようだ。

「しかし、飯島君。君は今林さんのおっしゃっていたとおりの風貌だね」

今林……ああ、義理の父親のクソ野郎か。

「……で、俺に何の用ですか？」

「説明すれば長くなるんだが――神人会議では君の扱いについて揉めていてね」

「神人会議？」

「本当に何も知らないんだな君は。それぞれのギルド派閥の代表者による、転生者の会議だよ。当然、君の父親も所属しているものだな」

「……それで？」

「前々から、君の存在は神人会議でずっと謎だったのだよ。何せ、ただ一人だけ……その所在が割れていない転生者だったんだから。それでまあ、君については色々と揉めていたのだが、結論として――」

水色の髪の女が立ち上がると、呼応するように――周囲の全員が俺を取り囲むように歩み寄ってきた。

「――飯島忍については、見つけ次第殺せ……そういうことになったんだよ」

「それはまた穏やかじゃないですね」

「さて、こちらはカンストレベルの99が五名、レベル70以上が七名といったところかな。絶体絶命だけど――さあ、どうしようか、飯島君？」

そう言うと、水色の髪の女はニヤリと笑ったのだった。

あとがき

ネット発っぽい感じがするけど、「追放ジャンル」「ざまあジャンル」の香りがしないのは何で？

と、そういう風に思われたネット小説事情通の方もいるかもしれませんが、それもそのはずで本作はちょっと変わったルートからの出版となっています。

具体的に言うと本作の原型は「ネット小説が一番売れていた黄金時代」に、ネット上で人気を博していたものになります。

そこから時が流れ、ネット小説ランキングが上から下まで追放一色に染まったのを見て、ここで私も追放で被せていくのも芸がないかな……。と、いうことで。

「忙しくて書籍化打診を断ったアレですが、商業で出すなら逆に今だと思うんですが」

「あー、懐かしいなー！」

と、そんな感じで世に出ることになった作品となります。

内容につきましては、当時ネットでウケた理由である「王道のＴＵＥＥＥ」を消さないように意識しつつ、今風に色々とアレンジも加えています。

具体的に言うと、元々のネット原作では、義父であるだとか妹であるだとか、あるいは本作の肝の一つである「他の転生・転移者」が一切出てこなかったり……と、そういう感じで、かなりの別物になっているということですね。

結論として、今のネット小説界隈は「先鋭化しすぎててコレジャナイ」的な人に向けて作られた、王道ＴＵＥＥＥの正当進化の方向で仕上がったと思います。

最後に謝辞です。

イラスト担当の夕薙先生及び担当編集者様、そして何より読者の皆様方、ありがとうございました。

01

ソーシャルゲームの微課金の中ではトップランカー。

両親が早くに亡くなり、義理の親に半虐待を受けるがめげずにゲームも学業もこなす。

妹思いで座右の銘は「何事も前向きにコツコツと（スマホゲーも異常なほどのコツコツの積み重ねて重課金者と対等に）」

ソロプレイ特化型職【召喚師】のゲーム内転生者。

現地人相手には無双するが、ゲーム内転生者の重課金組には転生直後は劣る。

転生直前に義理の父親にデータを消去された為、転生直後はどん底スタート。

しかし、その影響で以下の作中唯一の能力を持つ。

▶チュートリアルを繰り返す
▶2周目
▶2周目ダンジョン

チュートリアルの「**絶対に死なない**」というシステムの隙をついた、チュートリアル繰り返しによる能力向上に気づくが、即死の痛みを繰り返すことで折れそうになる。
しかし、実は妹も転生していて、自身が強くならないとヤバいということを知り「**前向きにコツコツと**」死亡を繰り返すことになる。
チュートリアル終了後は現地人相手に無双しながら、「**2周目**」特典のレベルキャップ排除や「**2周目ダンジョン**」で急速に力をつけ、課金者相手に無双する。（課金者相手はかなりギリギリな場合もあり）
召喚職であるが、単体での戦闘能力も作中最強クラス。

課金者たちに対抗するため、現地人の2周目ダンジョンへの同行者（弟子）を探すことに。

（召喚獣の力は使役者依存なので、連れて行ってもレベリングできない）

シノブ＝イイジマ　飯島忍

C　T　E　R

第六階梯召喚獣 **熾天使ガブリエル**

天使九階位の内の最上位である熾天使。
堕天前のルシファーと同一の階級に所属している。
キリスト教において、天使長ミカエル、
及び神の癒し手ラファエルと共に三大天使に数えられる。
キリストの母マリアに受胎告知を行ったとされ、
また、新約聖書にもミカエルと共に
名前が刻まれている。
神の意志の代弁者とされており、キリスト教圏では
ミカエルと並んで知名度の高い天使である。
絶対の神に絶対の忠誠を誓う天使という
種族だけあって、性格は頑固に真面目で、
言い方を変えると愚直である。
神=主君に対する盲目的な狂信者であり、
主君に敬意を示さぬ者あればこれを即時に糾弾、
攻撃、破壊あるいは殺害するような
厳格に過ぎる存在でもある。

――ただし、腐女子。
趣味は、BL(ボーイズラブ)小説執筆。
ルシファー×ミカエルの小説がお気に入り。
ミカエルが受けでルシファーが攻め、かつ、
蛇責めの妄想を得意とする。
彼女曰く、「**堕天使×熾天使って萌えます**」とのことだ。
また、極度のショタ好きでもあり、
青年×少年の組み合わせを想像するだけでモンモンとしてしまう。

注)なお、ただし書き以下は
ラヴィータオンライン開発チームが遊びで作った裏設定であり、
一般公開されているものではなく、シノブも当然知らない。

02

C H A R A

03

月読命 ツクヨミ

夜を支配する月の神。
男性神とのイメージが強いが、物の本をあたっても性別を
明文化している古典の発見はできない。
ラヴィータオンライン上は女性神として採用されており、
見た目も和風とはかけはなれた西洋風。
開発室曰く、姉である巫女ロリババァのアマテラスとの差別化の為に
ゴシックロリータ風の服装が採用されたとのこと。
夜の支配者であり、夜魔の眷属の中では
最高峰の神格と力を兼ね備える。
第五階梯の闇魔法の行使だけでなく、ネクロマンサーと
式神使いの側面も兼ね、使い捨ての盾役を量産する。
召喚・作成・使役可能な夜魔は第三階梯までとなっていて、
彼女の属するパーティーと遭遇した際は、
彼女に真っ先に集中砲火を行う事がセオリーとなっている。

▶固有魔法

第五階梯：腐敗と死の濁流（トイズボックス）
延々とネクロマンサーの儀式と式神召喚を続け、
第三階梯の闇属性召喚獣で**『画面全体を覆い尽くす』**。
召喚されたアンデッド等は盾として優秀なだけでなく、
矛としても優秀。たとえ相手がレベルカンスト組で
あっても、数の暴力で圧殺する事もしばしば
あるような凶悪魔法である。対処法としては出端を
挫いて魔法発動前にツクヨミを無力化するか、
あるいは第五階梯大規模浄化魔法を
使用可能な破魔（エクソシスト）のエキスパート職
一名が必須となる。つまりは、対処法が
無ければ魔法が発動した時点で詰んでしまう
初見殺しでもある。

CHARACTER

ファンレター、作品のご感想をお待ちしています!

【宛先】
〒104-0041
東京都中央区新富 1-3-7　ヨドコウビル
株式会社マイクロマガジン社
GCN文庫編集部

白石新先生 係
夕薙先生 係

【アンケートのお願い】

右の二次元バーコードまたは
URL（https://micromagazine.co.jp/me/）を
ご利用の上、本書に関するアンケートにご協力ください。

■スマートフォンにも対応しています（一部対応していない機種もあります）。
■サイトへのアクセス、登録・メール送信の際の通信費はご負担ください。

GCN文庫

レベル1から始まる召喚無双
～俺だけ使える裏ダンジョンで、全ての転生者をぶっちぎる～

2022年1月27日 初版発行

著者 白石新
イラスト 夕薙
発行人 子安喜美子
装丁 AFTERGLOW
DTP／校閲 鷗来堂
印刷所 株式会社エデュプレス
発行 株式会社マイクロマガジン社
〒104-0041 東京都中央区新富1-3-7 ヨドコウビル
[販売部] TEL 03-3206-1641／FAX 03-3551-1208
[編集部] TEL 03-3551-9563／FAX 03-3297-0180
https://micromagazine.co.jp/

ISBN978-4-86716-235-4 C0193